ANDERS

LAYLAH

SIMON

Asa Larsson · Ingela Korsell

PAX

Der Fluch

Asa Larsson · Ingela Korsell

PAX

Der Fluch

Aus dem Schwedischen von Maike Dörries
Illustrationen von Henrik Jonsson

cbj

MARIEFRED
ORANGERIE
HIRSCHGEHEGE

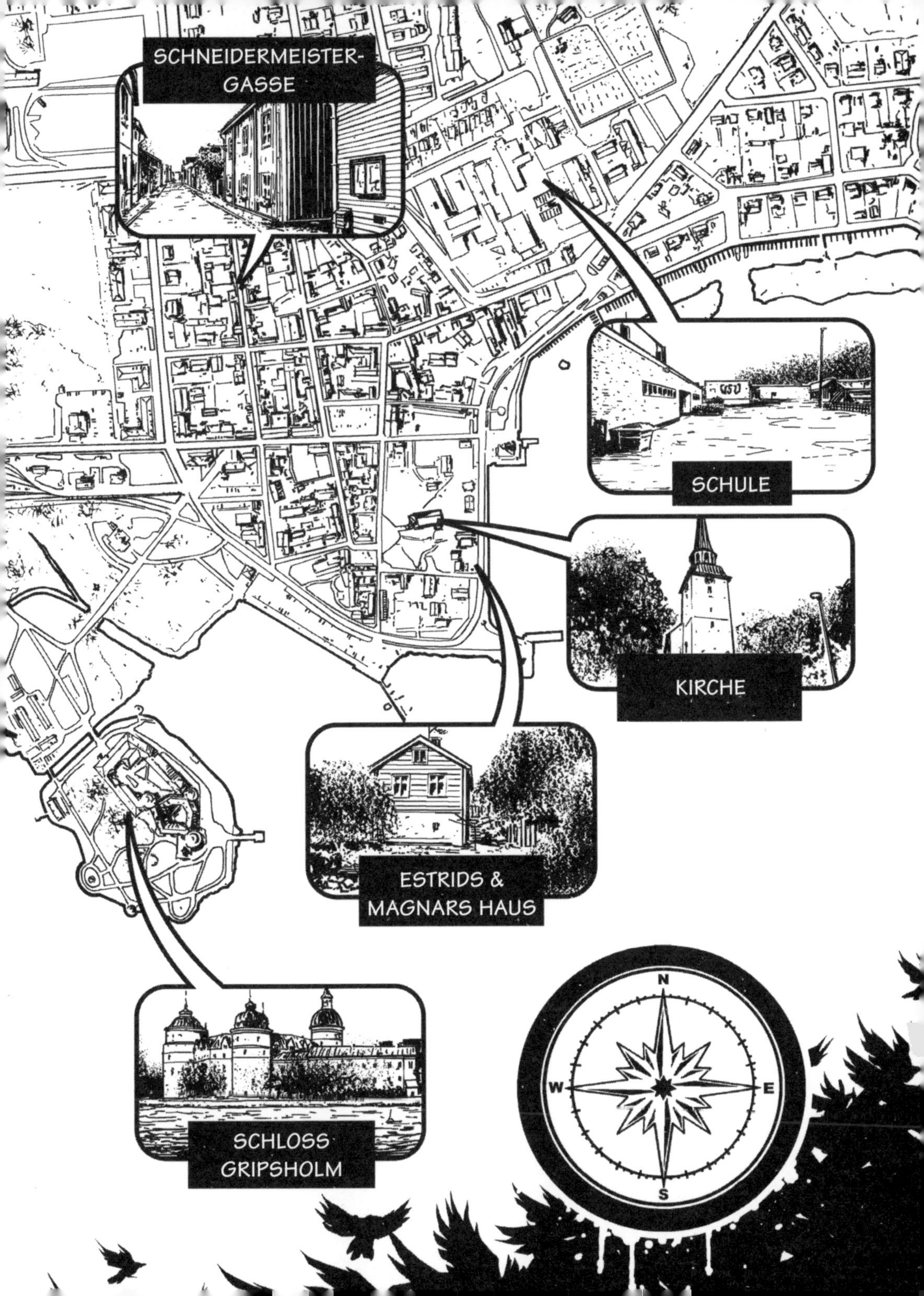
SCHNEIDERMEISTER-
GASSE
SCHULE
KIRCHE
ESTRIDS &
MAGNARS HAUS
SCHLOSS
GRIPSHOLM
N
W
E
S

KAPITEL 1

Der Imp

»*Stäärben! Alle stäärben*!«, schreit das kleine Biest mit spitzer Stimme.

Es ist in einem Käfig gefangen, der auf dem Steintisch in der Bibliothek steht. Darin rast es auf seinen Hinterbeinen hin und her wie ein kleiner Mensch. Es steckt seine langen Ärmchen durch die Gitterstäbe und kratzt mit gelben Krallen durch die Luft. Die Haut ist haarlos und schleimig glänzend wie bei einer Kröte. Die Stirn ist platt, die kleinen Augen funkeln schwarz.

Estrid haut mit der flachen Hand auf den Käfig, dass es scheppert. »Stirb doch selbst, du kleines Monster«, murrt sie. »Was ist das für ein Viech, Magnar?« Die Frage ist an ihren Bruder gerichtet, der hinter ihr steht.

»Ein Imp ist das«, antwortet Magnar angewidert. »Es ist lange her, dass ich einen gesehen habe, da war ich noch klein. Mutter hatte einen gefangen. Den hier habe ich im Vorratskeller erwischt, als er versuchte, die Geheimtür zu öffnen.«

Estrid beugt sich über den Käfig, um sich den Imp genauer anzuschauen. Es ist schummrig in der fensterlosen Bibliothek, ein paar Petroleumlampen werfen ihr spärliches Licht auf die unverputzten Wände und die vielen Regalreihen mit uralten Büchern.

Magnar betrachtet seine Schwester. Estrids Gesicht ist furchig wie die Borke eines alten Baumes. Ihr Haar ist dunkelgrau mit schnurgerade geschnittenem Pony und am Hinterkopf mit Stäbchen zu einem Knoten hochgesteckt.

»Was hat der hier zu suchen?«, fragt sie.

»*Stäärben*!«, faucht der Imp. »*Todes stäärben*!«

»Das wüsste ich auch gern«, sagt Magnar. »Ein Imp, der in die Bibliothek einzubrechen versucht – was hat das zu bedeuten? Und hier!« Er zeigt an die Decke, wo Mauerstückchen und Putz abbröckeln.

»Die Bibliothek kriegt Risse«, sagt er.

»Die Zeit pulsiert und die Finsternis zieht ein«, murmelt Estrid. »Hat Mutter das nicht immer gesagt? *Die Bibliothek ist leicht zu bewachen, bis die Zeit zu pulsieren beginnt und die Finsternis einzieht.*«

»Hast du etwas in den Orakelkarten gesehen?«, fragt Magnar mit einem Nicken in Richtung Steintisch. Ein Kreis aus Karten mit unterschiedlichen Figuren und Symbolen liegt auf der Tischplatte.

Estrid geht zum Tisch und sinkt auf einen der dunklen, geschnitzten Holzstühle. »Oh ja, ich habe etwas gesehen … Kannst du das Viech irgendwie zum Schweigen bringen?«

Der Imp hat die Gitterstangen gepackt und rüttelt so heftig daran, dass der ganze Käfig klappert. Dabei lacht er schrill und schlägt klatschend mit dem Schwanz auf den Käfigboden.

»RUHE!«, fährt Magnar das Untier an und haut ebenfalls mit der flachen Hand auf den Käfig.

Estrid atmet tief ein.

»Ist die Bibliothek in Gefahr?«, fragt Magnar besorgt. »Sind wir in Gefahr?«

Estrid nickt langsam. »Ich habe dreimal den Zirkel gelegt. Und dreimal lag die Meereswelle auf dem Teufel und

LUCIFER.
LETUM.

der Sensenmann auf dem Kind. Ich kann das nicht anders deuten, als dass das Böse über uns kommen wird und Unschuldige sterben werden.«

»*Untergang! Uuuuntergaaang!*«, kreischt der Imp. »*Finsternis macht satt! Hackfleisch werdet ihr. Hahaaa!*«

»Wenn Katzen zählen, hat der Imp schon ein unschuldiges Wesen auf dem Gewissen«, sagt Magnar bitter. »Er hat vorgestern Wikners Katze getötet und sie in den Baum vor der Kirche gehängt.«

Estrid schaut von ihren Karten hoch. »Ach so, das war der Imp? Die Leute im Ort behaupten, ein paar Jugendliche wären es gewesen.«

»Da irren sie sich«, sagt Magnar. »Der Imp hat damit rumgeprahlt, als ich ihn gefangen habe.«

»*Hihiii, die Katze*«, schreit der Imp in seinem Käfig und scharrt mit den nadelspitzen Krallen über den Boden, dass es quietscht. »*Gäschriien hat sie! Die Katze! Hihiii!*«

»Verfluchtes Monster«, schimpft Magnar. »Mit Imps ist wirklich nicht zu spaßen. Sie töten Kleintiere, Hunde und Katzen. Nicht, um sie zu fressen, nur aus Spaß.«

»*Kiindäär*«, kreischt der Imp schmatzend und leckt sich mit seiner Schlangenzunge über die Lippen. »*Klaine Kindäär, läächer, läächer.*«

Magnar sieht das Biest voller Abscheu an. Anstelle von Ohren und einer Nase hat es nur Löcher. Allein der Gedanke, dass so einer in einen Kinderwagen klettert …

»Zum Glück hatte ich es nur mit einem Exemplar zu tun«, sagt er. »Mit zweien wäre ich kaum fertig geworden.«

Der Imp faucht, streckt die mageren Ärmchen aus und versucht, Magnar zu kratzen. Als ihm das nicht gelingt, tobt er durch den Käfig, immer im Kreis, bis er umfällt. Er greift nach seinem eigenen Schwanz, als wäre der sein Opfer, und beginnt darauf herumzunagen.

Magnar schüttelt den Kopf und geht hinüber zu Estrid. Ihr Gesicht leuchtet weiß im Schummerlicht der Bibliothek. Bestimmt hat sie rasende Kopfschmerzen. Das Deuten der Orakelkarten kostet sie jedes Mal eine Menge Kraft. Manchmal ist sie tagelang danach krank. Estrid streckt den Rücken und versucht, sich nichts anmerken zu lassen, aber Magnar kennt sie zu gut.

»Erinnerst du dich an Mutters Worte? Die Finsternis wird angezogen wie von einem Magneten, wenn die Zeit zu pulsieren beginnt«, sagt Estrid. »Böse Mächte, die an das Wissen und die Kraft der Bibliothek wollen. Ich würde lügen, wenn ich behaupte, dass ich keine Angst habe. Ich hätte nicht gedacht, dass die Zeit zu pulsieren beginnt, solange wir die Wächter der Bibliothek sind.«

»Als junges Mädchen hast du dir nichts sehnlicher gewünscht«, antwortet Magnar mit einem schwachen Lächeln.

»Weil ich damals noch nicht mehr Verstand als eine Kellerassel hatte.«

»*Käällerassel*!«, jubelt der Imp. »*Jammijammi!*«

»Siehst du denn wirklich nur Elend in den Karten?«, fragt Magnar leise.

»Nein, nicht nur. Schau hier. Die Regenbogenkarte bedeutet Hoffnung. Und hier, die Karte der zwei Raben!«

»Was bedeutet die?«

»Die Raben sind die Helfer des Gottes Odin. Sie sind listig und gelehrig. Ich verstehe das als Hinweis, dass wir Unterstützung bekommen werden. Und sieh hier, der Krieger mit einem Schwert in jeder Hand.«

»Und das bedeutet?«

»Die Helfer, die wir bekommen, sind Krieger. Zwei geschickte, listige Krieger werden uns zur Seite springen und helfen, die Bibliothek zu bewachen.«

»Das klingt gut«, sagt Magnar. »Und was können wir bis dahin machen? Nur warten?«

»Ja«, sagt Estrid. »Aber vorher …«

Sie erhebt sich von ihrem Stuhl und geht zu dem Käfig. Der Imp faucht drohend und schnappt nach ihrem Finger, als sie die Klappe öffnet.

»Willst du nicht lieber Handschuhe anziehen?«, fragt Magnar besorgt, aber Estrid hat den Imp bereits am Nacken gepackt. Sie schaut in seine schwarzen Augen. Er spuckt ihr ins Gesicht, aber sie scheint es gar nicht zu merken.

»Die Zeit beginnt zu pulsieren und die Finsternis zieht ein«, murmelt sie. »Jetzt geht es los. Und diese Art von Unkraut …«, sie schüttelt das Monster, »… werde ich eigenhändig mit der Wurzel ausrupfen.« Mit diesen Worten dreht sie ihm den Hals um. Es klingt, wie wenn man einen trockenen Zweig zerbricht.

Sie wirft den leblosen Körper zurück in den Käfig und wischt sich die Hände an ihrem grünen Overall ab.

KAPITEL 2

Zwei Brüder

»Warum können wir nicht bei Mama wohnen? Es geht ihr doch wieder besser.«

Viggo hebt Steine von der Straße auf und versucht, einen Laternenpfahl zu treffen. Ein Stein schießt vorbei und prallt gegen ein Fenster.

Alrik schlägt gegen Viggos Hand, der die restlichen Steine fallen lässt, und schaut besorgt zu dem Fenster. Aber niemand reißt es auf, um sie anzuschreien

»Hör auf mit dem Mist!«, fährt er seinen kleinen Bruder an. »Wir müssen uns zusammenreißen, kapier das doch endlich mal! Und nein, wir können nicht bei Mama wohnen. Wir wohnen bei Laylah und Anders. Und jetzt komm in die Puschen, damit wir nicht schon am ersten Tag zu spät zur Schule kommen.«

Viggo starrt auf den Boden. Gestern am Telefon hat Mama so fröhlich geklungen und selber gesagt, dass es ihr viel besser geht und dass sie ihre beiden Jungs vermisst. Die Erwachsenen sagen, dass sie krank ist. Dass sie eine Krankheit hat, die macht, dass sie sich immer wieder betrinken und zwischendurch abhauen und sie alleine lassen muss.

»Bist du wieder gesund?«, hat Viggo sie gestern am Telefon gefragt. »Fast«, hat sie geantwortet. Aber als er gesagt hat, dann könnten sie ja alle wieder nach Hause kommen, ist sie still geworden und wollte mit Alrik sprechen. Aber Alrik wollte nicht mit ihr sprechen. »Sag ihr, ich bin nicht da«, hat er nur gesagt. »Richte ihm aus, dass ich zu seinem Geburtstag nach Mariefred komme«, hat Mama darauf betont munter gesagt. »Ich habe eine Überraschung für ihn. Richte ihm das aus.« Danach hat sie übertrieben viele Küsschen durch die Leitung geschickt und sie und Viggo haben gelacht, etwas zu lange, um den anderen nicht merken zu lassen, wie viel Traurigkeit sich tief drinnen aufgestaut hat. Viggo hatte sich vor Lachen auf den Boden geworfen und war mit dem Telefonhörer am Ohr hin und her gerollt, obwohl Mama ihn ja gar nicht sehen konnte. Seine Freunde zum Glück auch nicht.

Überhaupt, Freunde. Die müssen sie sich schon wieder neu suchen. Es ist mitten im ersten Schulhalbjahr und heute ist ihr erster Tag an der neuen Schule. Alrik fängt in der 6C an und Viggo in der 5A.

Auf dem Bürgersteig kommt ihnen eine Frau mit einem zotteligen, hellbraunen kleinen Hund an der Leine entgegen. Plötzlich hat Alrik es gar nicht mehr eilig, zur Schule zu kommen. Er bleibt stehen und fragt, ob er den Hund streicheln darf. Immer das Gleiche. Alrik ist verrückt nach Hunden. Viggo seufzt.

»Natürlich darfst du ihn streicheln, da freut sich Tusse.«

Alrik geht in die Hocke, Tusse springt auf seinen Schoß und leckt ihm begeistert durchs Gesicht.

»Seid ihr beide bei Laylah und Anders in die Schneiderei eingezogen?«

Fast alle Häuser in Mariefred haben solche Namen. Überall hängen alte Schilder mit Namen wie Schuhmacherei, Brauerei oder Schreinerei.

»Ja«, antwortet Alrik, während der Hund versucht, mit

der Zunge an seine Ohren zu kommen. »Ich heiße Alrik und das ist mein Bruder Viggo.«

Die ältere Dame mustert sie von oben bis unten. »Trotz der unterschiedlichen Haarfarbe sieht man, dass ihr Brüder seid«, stellt sie fest. »Ihr habt die gleiche Augenform. Und gleiche Halsketten. Hübsch!«

Alrik nickt und spielt weiter mit dem Hund.

»Willkommen in der Munkhagsgatan in der Schneidermeistergasse«, plappert die Frau weiter. »Die hübscheste Straße in ganz Mariefred, findet ihr nicht auch? Wenn nicht die hübscheste Straße auf der ganzen Welt. So, Tusse und ich müssen weiter. Verabschiede dich von den beiden Jungs, Tusse!« Sie geht weiter.

»Die hüüübscheste Straße auf der gaaanzen Welt!«, äfft Viggo die Frau nach und kitzelt Alrik unterm Kinn. »Du weißt schon, dass der kleine süße Tusse, ehe er dir durchs Gesicht geschlabbert hat, seinen Schniedel und das süüüßeste Arschloch der Welt geleckt hat?«

»Klappe«, faucht Alrik und schubst Viggo weg. »Und wo bitte schön hast du das schon wieder her?« Er starrt auf das Mobiltelefon in Viggos Hand.

Viggo zuckt mit den Schultern.

»Hast du ihr das geklaut? Bist du verrückt?« Alrik reißt

Viggo das Telefon aus der Hand und rennt hinter der Frau her. »Hallo!«, ruft er. »Warten Sie! Sie haben das hier verloren!«

Die Frau nimmt verdutzt das Handy entgegen. Der Hund wedelt eifrig mit dem Schwanz und springt an Alriks Bein hoch.

»Oh je«, sagt sie. »Das muss mir aus der Tasche gerutscht sein. Merkwürdig. Ich danke dir.«

»Du hast sie echt nicht mehr alle«, sagt Alrik, als sie weiter Richtung Schule gehen. »Du schaffst es mit deiner verdammten Klauerei noch, alles zu vermasseln! Kapierst du denn nicht, dass Anders und Laylah echt in Ordnung sind? Hast du vergessen, wie es in der letzten Pflegefamilie war?«

Alrik denkt an Laylah. Sie lacht viel, und es klingt immer echt, nie gekünstelt. Sie trägt ihr langes, schwarzes Haar in einem dicken Zopf und ist Zahnärztin. Anders hat einen kahl rasierten Kopf und einen Vollbart mit ersten grauen Strähnen. Anders hat eine Werkstatt und kann fast alles reparieren. Er läuft in einem blauen Overall herum, auf dem »Dein Mann für alle Fälle« steht. Man kann sich nur schwer vorstellen, dass Laylah und Anders erwachsene Kinder haben, die schon von zu Hause aus-

gezogen sind. Alrik findet, dass sie jünger aussehen als Mama.

Alrik legt einen Arm um Viggos Schultern und zieht ihn an sich, boxt ihm freundschaftlich mit der freien Hand gegen die Stirn.

»Kleine Brüder sind stinkende, nervtötende Wesen. Ungefähr wie ein Pickel am Hintern. Mit dem Unterschied, dass man einen Bruder sein Leben lang an der Backe hat.«

Viggo grinst, schubst ihn nicht weg. Sie gehen im gleichen Schritt nebeneinander her. Für Oktober ist es ungewöhnlich warm. Viggo fährt sich mit der Hand durchs Haar, das igelig hochsteht. Alrik wirft den Kopf zur Seite, um die Haare aus dem Gesicht zu schütteln.

»Versprich mir wenigstens, es zu versuchen«, sagt Alrik. »Kein Ärger und keine krummen Dinger.«

»Versprochen«, sagt Viggo.

Und Viggo reißt sich zusammen. Ziemlich lange für seine Verhältnisse. Genau eine Stunde und siebenundvierzig Minuten nämlich.

KAPITEL 3

König des Schulhofes

»Hör mal, Zwerg … oder wie immer du heißt. Stell dich gefälligst hinten an die Schlange an, wenn du mit uns *King* spielen willst«, sagt der Junge, der mit dem Fußball unterm Arm auf dem Schulhof steht. Er sieht aus, als würde ihm der Ball gehören, obwohl groß mit schwarzem Edding »Klasse 5A« darauf steht.

Viggo sieht sich um und stellt fest, dass alle Blicke auf ihn gerichtet sind. »Ich heiße Viggo – nicht anders. Und wie heißt du?«

»Simon. Aber du darfst mich *King* nennen.« Simon grinst. »Wer in diesem Spiel gewinnt, ist König, und meistens gewinne ich. Willst du mitspielen oder nicht?«

»Wie geht King?«

»Was, das weißt du nicht? Von welchem Planeten stammst du denn?« Simon lacht. Alle anderen lachen mit.

»Hier spielen in den Pausen fast alle King«, redet er weiter. »Stell dich hinten an und guck zu, wie wir es machen. Du wirst es schon kapiert haben, bis du an der Reihe bist.«

Simon und drei andere Jungen stellen sich jeder in eins der Vierecke, die mit weißer Kreide auf den Asphalt gemalt sind. Neben dem Spielfeld steht fast die gesamte Klasse in einer langen Schlange an.

»Sind immer dieselben vier, die anfangen dürfen, macht echt keinen Spaß«, flüstert ein Mädchen Viggo zu.

Und damit beginnt Simon das Spiel. Der Ball dotzt ein paar Mal zwischen den Spielern hin und her, bevor Simon einen harten Ball in das Feld eines Gegenspielers pfeffert. Der dicke Junge reagiert für seine Körpermasse erstaunlich schnell. In letzter Sekunde schafft er es mit einem Hechtsprung, den Ball zurückzuschicken. Er landet direkt hinter der Linie in Simons Feld. Der Junge jubelt.

»Aus!«, ruft Simon überzeugt.

»Quatsch, hör auf. Der war hinter der Linie«, protestiert der Junge.

»Der war eindeutig im Aus. Du bist raus, Jonte. Der Nächste!«

Simon winkt den nächsten in der Schlange in das freie Feld. Jonte rappelt sich vom Boden auf und stellt sich hinten in der Schlange an. Und so geht es weiter. Simon hat immer das letzte Wort, welche Bälle drinnen und welche draußen sind. Er bestimmt das Spiel. Simon ist der King.

Aber Simon mogelt, denkt Viggo. Er mogelt, und keiner traut sich, was dagegen zu sagen.

Ein Stück entfernt, vor den Klassenzimmern der sechsten Klassen, spielt Alrik mit ein paar Schülern aus seiner neuen Klasse Basketball. Er wirft immer wieder wachsame Blicke rüber zu Viggo. Bis jetzt scheint alles gutzugehen. Einmal winkt Viggo ihm zu.

»Ist das dein kleiner Bruder?«, fragt einer seiner Mitschüler.

»Mhmh …«, murmelt Alrik und winkt verstohlen zurück.

»Ich hab auch einen kleinen Bruder«, erzählt der andere.

»Mein Beileid«, antwortet Alrik mit einem schiefen Grinsen.

Als er sich umdreht, begegnet er dem Blick des Werklehrers Thomas, der Pausenaufsicht hat. Alrik hat das Gefühl, dass Thomas ihn schon eine ganze Weile beobachtet. Aber er versucht, alle besorgten Gedanken abzustreifen. Ihr erster Tag an der Mariefredschule hat gut begonnen.

Alles wird gut, denkt er.

Endlich ist Viggo an der Reihe. Er nimmt seinen Platz auf dem Spielfeld ein, mit gespreizten Beinen und leicht gebeugten Knien. Ballspiele machen ihm Spaß.

Dem Blödmann werd ich's zeigen von wegen Zwerg, denkt er.

Simon fängt an. Es wird ein langes Ballduell mit allen vier Spielern, ein Wurf ist schöner als der andere. Aus dem Augenwinkel sieht Viggo, wie Simon Anlauf nimmt und den Ball mit voller Wucht auf ihn abschießt. Ein geschraubter, flacher Ball. Aber er fliegt zu weit. Ins Aus. Eindeutig ins Aus. Viggo streckt die Arme mit einem Sieg-Zeichen über den Kopf.

»Drin. Stell dich hinten an«, prustet Simon.

»Nichts da, diesmal fliegst du raus. Der Ball war eindeutig im Aus. Das haben alle gesehen«, ruft Viggo und dreht sich zu den Spielern um, die neben ihm stehen.

»Ja, ich glaube auch, dass der im Aus war«, sagt das Mädchen, das vorhin in der Schlange hinter ihm stand.

Die anderen winden sich und schielen zu Simon.

»Quatsch, der war auf der Linie!«, schreit Simon und starrt seine drei Kumpel drohend an.

Sie nicken. Ja, der Ball war auf der Linie. Sie sind sich rührend einig.

»Da hast du's, Zwerg. Du bist raus.« Simon hat wieder sein selbstherrliches Grinsen im Gesicht. Viggo kneift die Augen zusammen. »Oh nein, Schleimon … oder wie du gleich heißt. DU stellst dich diesmal hinten in der Schlange an«, faucht er mit zusammengepressten Lippen.

Simon sieht fast ein bisschen verdutzt aus. Alle warten voller Spannung auf die Fortsetzung. Simon geht langsam auf Viggo zu. Anscheinend hat es ihm die Sprache verschlagen.

Aber dann zeigt er auf Viggos Hals. »Was ist das denn?«, fragt er lachend. »Eine Halskette? Bist du schwul, oder was?«

Viggo schaut auf das Lederband, das er um den Hals trägt, mit dem Rabenflügel aus schwarzem Metall als Anhänger. Die Spitze des Flügels zeigt nach unten, so dass er wie ein V aussieht. Ein Geschenk von Alrik. Der hat auch so einen Anhänger. Doch bei ihm zeigt die Spitze des Rabenflügels nach oben wie bei einem A. Die Rabenflügel bringen Glück, hat Alrik gesagt.

Simon nutzt die Gelegenheit, Viggo einen Nasenstüber zu verpassen, als der auf seinen Schmuck runterschaut.

Viggo schlägt seine Hand beiseite. »Wenn ich schwul wäre, würde ich es mir ganz schnell abgewöhnen, wenn ich dich sehe«, sagt er.

Weiter hinten in der Schlange ist ein Lachen zu hören. Simon sucht krampfhaft nach einer coolen Entgegnung. Als ihm nichts einfällt, kneift er die Augen zusammen und schubst Viggo hart gegen den Brustkorb.

Als Viggo das Gleichgewicht wiedergefunden hat, schubst er Simon genauso hart zurück. Da stürzt sich Simon auf ihn und beginnt, mit Fäusten auf ihn einzuschlagen.

Simons Kumpel springen ihm zu Hilfe. Viggo hat keine Chance. Sie sind vier gegen einen. Bald liegt er am Boden. Zwei Jungs halten seine Arme fest. Einer sitzt auf seinen Beinen. Simon hockt auf seinem Bauch und lässt Fausthiebe auf ihn hageln.

Wie aus dem Nichts beugt sich plötzlich Alrik über Simon und reißt ihn von Viggo herunter. Dann ist nur noch ein Knäuel aus Armen und Beinen, Spucke, Rotz und Blut zu erkennen.

Immer mehr Schüler auf dem Schulhof strömen zusammen, bilden einen Kreis um die Kämpfenden und feuern sie an. Ein paar Lehrer und der Hausmeister kommen angelaufen. Jemand rennt los, um den Rektor zu holen.

Als die Jungs von den Erwachsenen getrennt werden, brüllt Simon: »Ich bring dich um! Hast du gehört, du beknackter Stockholmer! Ich bring dich um!«

Und Alrik brüllt zurück: »Versuch's doch, Scheißkerl. Versuch's doch!«

Hinterher sitzen sie alle bei der Schulschwester. Simon liegt auf der Pritsche, um sein Nasenbluten zu stoppen, einem seiner Freunde tut der Ellenbogen weh, der andere sagt, er hätte einen Bauchtritt bekommen. Viggo hat eine geschwollene Lippe und blutet aus einer kleinen Platzwunde in der Augenbraue. Alrik hat Schürfwunden an den Händen und im Gesicht.

Die Schulschwester redet beruhigend auf sie ein, während sie die Jungen verarztet, die Wunden säubert, verpflastert und verbindet. Werk-Thomas ist auch da. Er hat beherzt eingegriffen und die Prügelei beendet.

Simon heult. Er wirkt auf der Pritsche plötzlich so klein und verängstigt. »Echt Papa, Viggo hat angefangen rumzustänkern, als wir ihm die Regeln von King erklären wollten. Er ist total ausgerastet … und dann … und dann kam sein großer Bruder und hat uns vermöbelt«, hickst Simon.

Alrik sieht Werk-Thomas an. *Papa?* Thomas ist Simons Vater?

Thomas fragt die anderen Jungen, ob es stimmt, was Simon sagt. Sie nicken. Ja, Viggo und Alrik haben mit dem Streit angefangen. Das ist alles allein ihre Schuld. Thomas wendet sich mit besorgter Miene an Alrik und Viggo und fordert sie auf, ihre Version zu erzählen.

Viggo erzählt aufgeregt, wie es gewesen ist. Dann ist es ein paar Sekunden lang still.

Thomas fragt, ob Alrik auch was dazu sagen will.

Alrik schüttelt den Kopf. Wenn er jetzt was sagt, fängt er an zu heulen. Und vor Simon und seinem Vater will er auf keinen Fall Schwäche zeigen. Außerdem weiß er, dass es ohnehin egal ist, was er sagt. Weil Thomas sein Urteil bereits gefällt hat. Das sieht er ihm an. Also hält Alrik den Mund und starrt Löcher in den Boden.

Thomas seufzt. »Es fällt mir sehr schwer zu glauben, dass Simon all das getan und gesagt haben soll, was du, Viggo, behauptest. Simon ist mein Sohn und ich kenne ihn sehr gut, er würde niemals so etwas tun. Wie ich das verstanden habe, wollten er und seine Freunde nett sein und dich mitspielen lassen, weil du neu bist. Natürlich ist es nicht toll zu verlieren, aber man kann nicht einfach losprügeln, bloß weil man wütend ist. Und du bist alt genug, Alrik, um zu wissen, dass man sich so nicht aufführt.«

Thomas wendet sich an die Schulschwester. »Oder wie sehen Sie das?«

Die Schulschwester verpflastert gerade Viggos Augenbraue. Sie wirkt gereizt. »Ich war nicht dabei, aber Simon und seine Freunde sind zu viert, Viggo und Alrik nur zu zweit. Vier gegen zwei.«

Sie schaut Thomas an.

»Wie Sie selbst sagen …«, Thomas räuspert sich, »waren Sie nicht dabei und wissen nicht, was passiert ist. Wie auch immer, das ist eine sehr bedauerliche Geschichte. Alrik und Viggo, mir ist schon klar, dass ihr eine schwierigere Kindheit habt als die meisten Jugendlichen … Aber ihr müsst verstehen, dass es an dieser Schule Regeln gibt, die von allen befolgt werden müssen. Auch von euch beiden. Wir akzeptieren keine Gewalt. Das sage ich speziell zu dir, Alrik, weil du die Prügelei angefangen hast. Und weil du der Ältere bist. Es ist feige, jüngere Mitschüler anzugreifen. Ihr versteht natürlich, dass ich Laylah und Anders von dem Vorfall erzählen muss.«

Thomas macht eine Pause und legt eine Hand auf Alriks Schulter. »Alrik, möchtest du Simon und den anderen vielleicht etwas sagen?«

Alrik steht auf.

»Ja«, sagt er. »Zur Hölle mit euch!«

Damit stürmt er aus dem Raum.

KAPITEL 4

Crash Boom Boing!!!

Alrik rennt. Er lässt die Schule hinter sich. Die Wut spornt ihn an, er ist schnell wie der Wind. Er rennt immer weiter, ohne müde zu werden, überquert den kleinen Parkplatz neben der Schule, rennt weiter runter zum Wasser, vorbei an den riesigen Villen am Strandweg.

Er hasst die Menschen in ihren scheißvornehmen Villen. Ihre Kinder hasst er auch. Und ihre Topfpflanzen auf den Fensterbänken. Er rennt am Wasser entlang, vorbei an dem großen Dampfschiffanleger und der Eisbude. Ein paar Enten flattern erschrocken auf, aber er bemerkt sie gar nicht.

Er ist so wütend, dass er nicht mehr klar denken kann.

In ihm ist alles rot. Am liebsten würde er jemanden verprügeln, egal wen. Oder die Welt auf den Kopf stellen, wenn er könnte.

Er hasst solche Typen wie Thomas. Von denen hat er schon viel zu viele kennengelernt. Die sind randvoll mit nervigem Gelaber wie »Konsequenzen« und »Übereinkunft«, und die richtig Schlimmen versuchen auf jugendlich zu machen und sich mit »*Haben wir einen Deal?*« einzuschleimen. »*Eine ganz bedauerliche Geschichte*« sagt Thomas, obwohl er in Wirklichkeit überhaupt nichts bedauert. Nach außen weich, aber innen knallhart. Sie würden niemals, niemals zugeben, dass ihre Töchter oder Söhne irgendwas falsch machen. Und nie glauben sie einem irgendwas, obwohl sie behaupten, dass sie einem *eine Chance geben* wollen. Aber die kriegt man nie.

Er rennt am alten Gasthaus vorbei, durch den Lottenlundpark, weiter zum Schloss. Ein paar Kinder auf einem Klettergerüst feuern ihn an. Leider hat er keine Zeit, stehenzubleiben und sie totzuschlagen, das muss er auf ein andermal verschieben.

Was hätte er denn tun sollen? Zusehen, wie Viggo von vier Jungs grün und blau geschlagen wird?

Er passt auf Viggo auf, solange er denken kann. Als

sie das erste Mal alleine zu Hause klarkommen mussten, war er sieben Jahre alt. Da war ihre Mutter drei Tage fort gewesen. Als es nichts mehr zu essen gab, hatte er die 112 gewählt, jemand vom Sozialamt war gekommen und hatte sie abgeholt.

Obwohl er, ehrlich gesagt, auch ein bisschen sauer auf Viggo ist. Warum kann er es nicht einfach mal ruhig angehen? Man muss auch mal zurückstecken und nicht immer Streit anfangen.

Das ist so ungerecht. In seinem Kopf hat kein anderer Gedanke mehr Platz. Das ist so verdammt, pervers ungerecht.

Er rennt noch immer wie ein Roboter. Vorbei an der Schlossbrücke. Dann bleibt er stehen. Vor einem riesigen Gewächshaus. Oder eher einem Glaspalast.

Er sieht sein Spiegelbild in den Scheiben.

Ohne nachzudenken hebt er einen Stein auf und wirft. Er kracht direkt durch das Glas. Er nimmt noch einen Stein. Wirft. Pang. Noch einen. Volltreffer. Crash. Klirr. Noch einen. Das Glas splittert, die Scherben rieseln zu Boden.

Alriks Herz hämmert.

Es ist mir egal, denkt er, mir ist alles egal!

Da packt ihn jemand am Arm. Alrik versucht, sich loszureißen, aber es gelingt ihm nicht.

»Lass mich los, Alter!«

»*Alter* ist aber nicht der Name, den meine Mutter für mich ausgesucht hat«, antwortet der Mann mit ruhiger Stimme. »Ich heiße Magnar.«

KAPITEL 5

Die Zeichen stimmen

Alrik versucht erneut, sich aus Magnars Griff zu befreien, aber er hat keine Chance. Wie kann so ein alter Knacker so viel Kraft haben?

»Entspann dich, Junge! Ich lasse dich los, sobald du dich beruhigst.«

Irgendwann sieht Alrik ein, dass Widerstand zwecklos ist. Kaum hat er den Gedanken gedacht, wird sein Körper weich wie Wackelpudding. Jetzt muss Magnar ihn fast festhalten, damit er nicht in sich zusammensackt. Und dann kommen die Tränen. Alriks Kehle krampft sich zusammen. Warum passiert das bloß immer wieder?

»Ganz ruhig. Ich will dir nichts tun. Ich will dich nur

davon abhalten, noch mehr Steine in die Scheiben der Orangerie zu werfen.« Magnar lockert den Griff.

Alrik wischt sich mit dem Handrücken übers Gesicht. Die salzigen Tränen brennen in den Schürfwunden, die er sich auf dem Schulhof geholt hat. »Ich bin so wütend.«

»Was du nicht sagst. Wie heißt du?«

Alrik sieht den älteren Mann mit den großen, erdverschmierten Händen verdutzt an. Warum ist er nicht sauer?

Alrik schüttelt den Kopf. »Ich sage Ihnen meinen Namen nicht, der geht Sie gar nichts an.«

»Ich glaube, das ist einer der beiden Brüder, die bei Laylah und Anders untergekommen sind«, ist eine Stimme aus dem Hintergrund zu hören.

Alrik dreht sich um und entdeckt eine Frau in den gleichen grünen Arbeitskleidern, wie der Mann sie trägt. Sie steht breitbeinig und mit verschränkten Armen da und sieht Alrik streng an. Ihre Augen sind noch grüner als der Overall und erinnern Alrik an eine Katze. Unter ihrem intensiven Blick stellen sich die Härchen auf seinen Armen auf.

»Das ist meine Schwester Estrid. Wir arbeiten als Gärtner auf Schloss Gripsholm«, erklärt Magnar.

Ist mir doch scheißegal, denkt Alrik. Und was sind das überhaupt für merkwürdige Namen – Magnar und Estrid?

Aber sagen tut er nichts.

Da piepst Alriks Handy. Es ist Laylah. Bestimmt weiß sie Bescheid, was passiert ist, und ist stinksauer, denkt er. Bestimmt haben die aus der Schule bei ihr angerufen. Am liebsten würde er nicht antworten, aber das traut er sich nicht.

Laylah klingt nicht sonderlich sauer, eher besorgt. Sie will wissen, wo er steckt. Sagt, dass sie gehört hat, was auf dem Schulhof passiert ist. Dass sie verstehen kann, wenn er traurig und aufgebracht ist. Sie möchte gern, dass er nach Hause kommt, damit sie reden können, eine Lösung finden.

Sie spricht mit ganz warmer, lieber Stimme, trotzdem würde Alrik sie gerne anschreien, dass sie nicht »zu Hause« sagen soll. Laylahs und Anders' Zuhause ist nicht Viggos und Alriks Zuhause. Die Wut steckt noch in seinem Brustkorb wie ein kleines, bissiges Tier, das nach allen Leuten in seiner Nähe schnappt. Besonders nach den freundlichen.

Aber er sagt nichts. Immerhin macht Laylah sich Gedanken und steht auf seiner Seite.

»Es ist noch was passiert«, sagt Alrik mit einem tiefen Seufzer und reicht Magnar das Handy.

Der erzählt kurz von den zerbrochenen Scheiben. Dann lauscht er konzentriert auf das, was Laylah zu sagen hat. Er nickt und sieht Alrik an.

»Verstehe, sagt er schließlich. »Estrid und ich bringen ihn nach Hause. Bis gleich!«

Die Art, wie Anders Estrid und Magnar begrüßt, macht Alrik klar, dass sie sich sehr gut kennen. In der Küche sitzen Laylah, Viggo und Thomas, der Werklehrer. Er hat natürlich direkt bei Laylah und Anders angerufen. Laylah lächelt Alrik an. Mit einem Lächeln, das bedeutet, dass er sich keine Sorgen machen muss.

Auf dem großen, mit Zeitungspapier abgedeckten Küchentisch liegt ein auseinandergebauter Bootsmotor. Drumherum überall ölverschmierte Teile. Anders bittet die drei Neuankömmlinge sich zu setzen und schiebt die Motorteile so zusammen, dass alle Platz haben.

Die Küchendecke ist niedrig. Alrik findet die Küche altmodisch, aber urgemütlich.

Estrid bleibt mit verschränkten Armen und zornig funkelnden Augen auf der Türschwelle stehen.

Thomas räuspert sich. Keiner weiß so recht, was er sagen soll. Die Stille ist ein bisschen peinlich.

Alrik sucht Viggos Blick, aber der starrt konzentriert auf seine Oberschenkel.

»Was hast du denn da?«, fragt Magnar und setzt sich auf den Stuhl neben ihn.

Viggo schaut auf, erstaunt über die Wärme und das Interesse in Magnars Stimme. »Das ist meine Kette. Der Verschluss ist bei der Prügelei kaputt gegangen. Alrik hat auch so eine«, sagt er und zeigt auf seinen großen Bruder.

Viggo hält die Kette hoch, um sie Magnar zu zeigen.

»Was stellt der Anhänger dar?«, fragt Magnar.

»Einen Rabenflügel«, antwortet Viggo. »Das ist ein Glücksbringer.«

»Ein Rabenflügel«, sagt Magnar und starrt auf den Anhänger.

»Genau«, sagt Viggo.

»Ein Rabenflügel«, wiederholt Magnar.

Viggo sieht ihn an. Ist der Alte senil, oder was? Er fingert wieder an dem Verschluss herum.

Und jetzt glotzt Magnar auch noch seine Hände an.

»Du bist mit beiden Händen gleich geschickt«, sagt er. »Du bist Beidhänder. Du bist Beidhänder.«

Viggo mustert Magnar. Hat der Alte eine Krankheit, dass er jeden Satz wiederholt und alles zweimal sagt? Viggo hat schon mal von solchen Ticks gehört. Dass man zum Beispiel dreimal den Lichtschalter drücken muss, ehe man einen Raum verlassen kann. Und manche Menschen können nichts dagegen tun, dass sie immerzu unanständige Wörter rufen. Wie es wohl wäre, einen Lehrer mit so einem Tick zu haben? »Heute nehmen wir … PIMMEL … europäische Hauptstädte durch.«

»Ja, ich bin beidhändig. Ja, ich bin beidhändig«, sagt Viggo und grinst die Tischplatte an.

Aber Magnar scheint ihn gar nicht zu hören. »Dein Bruder ebenfalls«, sagt er und wendet sich an Alrik. »Du kannst mit beiden Händen gleich gut Steine werfen, so viel steht fest. Zwei beidhändige Rabenbrüder, nicht schlecht!«

»Und ob das schlecht ist, wenn man beide Hände zum Schlagen und Steinewerfen benutzt«, sagt Thomas angesäuert. »Beidhändigkeit kann auch ein Zeichen für ADHS sein. Vielleicht kriegen sie ja deshalb so schnell Streit. Soweit ich es verstanden habe, war das nicht das erste Mal. Wir haben in einer Sitzung über euch gesprochen, ehe ihr an die Mariefredschule gekommen seid.

Und du, Viggo, scheinst deine Finger nicht bei dir behalten zu können. Aber Taschen- und Ladendiebe tolerieren wir hier in Mariefred nicht, weißt du.«

»Halt den Mund, Thomas!«, brummt Magnar. »Dein Vater würde sich in Grund und Boden schämen, wenn er dich so hören könnte.«

Die Wärme in seiner Stimme ist jetzt wie weggeblasen.

Thomas starrt Magnar trotzig an, aber am Ende senkt er ohne Widerworte den Blick.

Magnar wendet sich wieder Viggo zu. »Die Halskette lässt sich reparieren«, sagte er ruhig. »Anders hilft dir sicher dabei. Er kann alles reparieren.«

»Offensichtlich nicht alles«, sagt Anders und schaut auf das Chaos auf dem Küchentisch. »Wo ist denn bloß der Stromverteiler abgeblieben? Verflixt. Ohne den krieg ich Nilssons Bootsmotor nicht wieder zum Laufen.«

Magnar schiebt unter dem Tisch die Hand in Viggos Hosentasche, in der der Stromverteiler steckt. Keiner der anderen bekommt mit, dass er ihn herauszieht.

Viggo versteift sich. Er hat das kleine Teil einfach genommen, weil es da so rumlag. Er konnte ja nicht wissen, dass es so wichtig für den Bootsmotor ist. Und er hat sich gar nichts dabei gedacht, als er es in der Tasche verschwinden ließ. So ein Mist, dass der Alte das gesehen hat. Jetzt gibt's bestimmt richtig Ärger.

Aber Magnar bückt sich unter den Tisch. »Hier ist er doch«, sagt er laut. »Scheint auf den Boden gefallen zu sein. Du musst besser auf deine Sachen achten, Anders.«

Anders nimmt dankbar den Stromverteiler entgegen und Magnar zwinkert Viggo verschwörerisch zu.

»Auf dem Teppich«, sagt Laylah vorwurfsvoll und sieht Anders streng an. »Du hättest doch wenigstens Zeitungspapier …«

Sie bricht den Satz mittendrin ab und starrt durchs Fenster in den Garten. »Schaut mal!«, ruft sie.

Auf dem Gartentisch unter dem alten Birnbaum sind zwei große, schwarz glänzende Vögel gelandet. Sie spazieren auf dem Tisch herum und strecken ihre Flügel aus. Ihre kräftigen Schnäbel sind gebogen.

»Raben!«, sagt Anders. »Hab ich in Mariefred schon lange nicht mehr gesehen.«

Die zwei Vögel verharren und scheinen in die Küche zu schauen. Sie strecken die Hälse. Ihre Augen glitzern wie schwarze Glasperlen. Dann nickten sie mit den Köpfen, breiten die Flügel aus und heben ab. Fort sind sie.

»Wahnsinn!«, sagt Anders.

»Jetzt fehlt nur noch ein Regenbogen«, sagt Magnar. »Dafür müsste es natürlich erst mal regnen. Aber das kann ja noch kommen.«

Die anderen schauen an den blauen, wolkenlosen Himmel. Ein bisschen seltsam ist er schon, der gute Magnar, scheinen sie zu denken.

»Wie lösen wir jetzt das Problem mit den kaputten Scheiben?«, fragt Laylah. »Das wird sicher nicht ganz billig sein.«

»Was haltet ihr davon, wenn ich mich um die kaputten Scheiben kümmere«, sagt Magnar. »Und die beiden Jungs kommen zu uns und arbeiten ihre Schuld ab. Jetzt im Herbst gibt es jede Menge im Garten zu tun. Laub harken, Beete umgraben.«

»Das klingt nach einer sehr guten Idee«, sagt Anders.

»Da kommen die Jungs aber sehr glimpflich davon«, sagt Thomas unzufrieden. »Da die Prügelei während der Schulzeit stattgefunden hat, werde ich ihrer Klassenlehrerin Nachsitzen vorschlagen. Und hier zu Hause könntet ihr zum Beispiel ein Computerverbot verhängen. Das schmerzt spürbar.«

»Moment mal«, sagt Laylah und ignoriert Thomas' Kommentar. »Viggo hat nichts mit den kaputten Scheiben zu tun. Wäre es da nicht ein bisschen ungerecht, dass er die Schuld für Alrik abarbeiten soll?«

»Nö, das ist völlig okay«, sagt Viggo. »Immerhin hat Alrik sich meinetwegen geprügelt.«

Thomas steht auf und nimmt seine Jacke von der Rückenlehne des Stuhles. »Danke für den Kaffee«, sagt er sauer. »Ihr scheint das Problem ja ohne Unterstützung der Schule lösen zu wollen.« Er stapft zur Küche hinaus.

»Wunderbar! Dann machen wir es so«, sagt Magnar zu Anders und Laylah. »Die Jungs können gleich heute Nachmittag kommen.«

»Klar«, sagt Anders. »Aber zuerst werden noch die Mathehausaufgaben gemacht.«

Eine Sekunde später ist es, als hätte draußen jemand den Wasserhahn aufgedreht. Vor dem Fenster prasselt ein Sturzregen herunter.

»Wow«, sagt Viggo und sieht Magnar baff an. »Woher wusstest du, dass es noch regnen wird?«

Magnar zwinkert ihn an, sagt aber nichts.

Alrik hat sein Kinn auf die Hände gestützt und sitzt mit geschlossenen Augen da.

»Dann machen wir uns jetzt auch mal wieder auf den Heimweg«, sagt Estrid.

Sie sieht mindestens so ungehalten aus wie Werk-Thomas.

»Wollt ihr nicht das Ende des Wolkenbruchs abwarten?«, fragt Laylah, aber da ist Estrid schon draußen. Magnar verabschiedet sich freundlich und läuft hinter ihr her.

»Estrid!«, ruft Magnar hinter seiner Schwester her.

Draußen ist kein Mensch zu sehen. Es schüttet wie aus Eimern. Die Regentropfen klatschen auf den Asphalt und die Dächer, und Magnar muss schreien, um das Prasseln zu übertönen. Auf der Straße hat sich bereits ein kleiner Bach gebildet, der glucksend in den Gullys verschwindet.

Estrid dreht sich um. »Nein«, sagt sie heftig. »Ich weiß, was du sagen willst. Nein!«

»Was soll das nützen, dass du Nein sagst? Alle Zeichen stimmen, Estrid. Zwei Brüder. Die Rabenflügel an ihren Halsketten. Die Raben im Garten. Du hast die Karte mit Odins Raben in den Kreis gelegt!«

»Sie klauen wie die Raben, so viel steht fest. Ich habe gesehen, wie Viggo den Stromverteiler eingesteckt hat. Ansonsten können sie Steine werfen und sich prügeln! Ausgezeichnet. Super!«

»Und sie sind beidhändig! Denk an die Orakelkarte mit dem Krieger, der in beiden Händen ein Schwert hält.«

Estrid legt ihre Hände an den Kopf, als befürchte sie, er könne platzen. Ihre Kleider sind klitschnass. Der Regen läuft ihr übers Gesicht. »Das ist unmöglich!«, ruft sie. »Sie können es nicht sein. Sie sind doch noch KINDER!«

»Ich weiß«, sagt Magnar. »Aber trotzdem! Das sind schon ein paar zu viele Zufälle.«

In diesem Augenblick hört es auf zu regnen. Die schwarzen Wolken treiben davon und der Himmel ist wieder blau.

Estrid starrt stumm vor sich hin. Magnar dreht sich um. Über dem Schloss erstrahlt ein Regenbogen.

»Der Regenbogen!« sagt Magnar. »Wie auf der Karte, die für Hoffnung steht. Natürlich habe ich auch geglaubt, sie wären älter, aber …«

Estrid ballt die Hände zu Fäusten. »Wie du willst«, blafft sie ihn an. »Dann unterziehen wir sie eben einer Prüfung, um zu sehen, was sie taugen. Und um rauszufinden, ob die Diebesbrut unsere Krieger sind. Ich werde ihnen eine Falle in der Bibliothek stellen. Was sagst du dazu?«

Magnar wird blass. »Aber das … könnte richtig gefährlich werden.«

»Wenn du dir so sicher bist«, sagt Estrid hart, »brauchst du dir ja keine Sorgen zu machen. Wenn sie den Test bestehen, wissen wir, dass sie geschickt worden sind, um uns zu helfen. Sollten sie die Prüfung aber nicht bestehen, dann … Die Zeit beginnt zu pulsieren und die Finsternis zieht ein. Haben wir eine Wahl?«

Sie macht auf dem Absatz kehrt und geht weiter.

Magnar läuft hinter ihr her. Keiner von beiden bemerkt die Gestalt, die auf der Stufe vor der alten Tür des Eisenwarenladens Schutz vorm Regen gesucht hat. Leise wie eine Katze hat Werk-Thomas dort gestanden und Estrid und Magnars Gespräch belauscht. Wegen des lauten Regens hat er nicht alles verstanden, aber genug. Er tritt auf die Straße, sieht sich um und läuft in die andere Richtung davon.

KAPITEL 6

Der Himmel steh ihnen bei

Fünfunddreißig Minuten lang hassen Alrik und Viggo intensiv Mathe, bis sie mit den Hausaufgaben fertig sind und losdürfen zum Gewächshaus des Schlosses. Zur »Orangerie«, wie es auch genannt wird.

Bekloppter Name, denkt Alrik. »Orangerie« klingt nach Orangensaftfabrik oder einem Gehege für Orang Utans.

Magnar und Estrid sehen die Jungen die Allee hoch laufen, die durch den Lottenlundpark zum Schloss führt.

»Da kommen ja unsere beiden Rabenbrüder«, sagt Estrid.

»Ist in der Bibliothek alles vorbereitet?«, fragt Magnar.

Estrid nickt. »Ich gehe ja mal davon aus, dass sie keine Leseratten sind«, sagt sie. »Deswegen habe ich versucht, die Prüfung so … verlockend wie möglich zu gestalten.«

Magnar öffnet den Mund, um etwas zu sagen, aber da Viggo und Alrik sich jetzt in Hörweite befinden, hebt er stattdessen die Hand und winkt ihnen zu. »Da seid ihr ja«, begrüßt er sie.

»Fein«, sagt Estrid. »Dann begeben wir uns jetzt in unseren Keller, damit ihr in unserer Bibliothek Staub wischen könnt.«

Sie geht voraus und winkt die Brüder und Magnar hinter sich her.

»Ich dachte, wir sollen im Garten arbeiten«, brummelt Viggo enttäuscht, aber Alrik gibt ihm ein Zeichen, dass er still sein soll. Sie traben brav hinter Estrid und Magnar her, am alten Gasthaus vorbei in die Klostergasse bis zu einem gelben Steinhaus am Fuß des Kirchhügels. Auf dem Treppenabsatz vor der Haustür liegt eine grau getigerte Katze.

Magnar öffnet das Gartentor und die Katze huscht davon. Ein Stück hinter dem Hügel, auf dem die Kirche steht, glitzert der Mälarsee.

»Da wären wir«, sagt Magnar und geht mit Estrid zusammen vor ihnen ins Haus, durch die Küche und eine ausgetretene Steintreppe hinunter, die in einen Vorratskeller führt. An der hinteren Wand steht ein Regal mit Marmeladengläsern und Saftflaschen. Estrid legt die Hände an die Regalleitern und drückt dagegen. Das Regal gibt nach und schwingt nach innen auf wie eine Tür.

Viggo und Alrik schnappen nach Luft.

»Ihr habt doch nicht etwa jetzt schon Angst?«, sagt Estrid trocken. »Würde mich nicht wundern, wenn ihr mit Licht schlaft«, murmelt sie.

»Wir haben keine Angst«, protestiert Alrik und schaut in das dunkle Loch hinter dem Regal. Sein Herz pocht.

Hinter der Regaltür ist eine weitere, sehr schmale Treppe, die sich im Dunkel unter ihnen verliert. Estrid zieht zwei Taschenlampen aus der Tasche, reicht eine Alrik und behält selber die zweite.

Was für ein unheimlicher Ort, denkt Alrik. Er würde am liebsten umkehren und nicht da runter gehen in die Finsternis, aber … Er versucht, das unbehagliche Gefühl zu ignorieren. Alles ist gut. Sie werden tun, was Estrid von ihnen verlangt. Ohne Protest. Sie wollen Laylah und Anders nicht schon wieder enttäuschen.

Magnar schließt die Tür sorgfältig hinter ihnen, ehe sie den Abstieg beginnen. Um sich die Angst vom Leib zu halten, zählt Alrik die steilen Stufen. Dreizehn. Danach folgen sie einem sich windenden, unterirdischen Gang. Alrik richtet den Kegel der Taschenlampe auf den Boden vor seinen Füßen, ab und zu auch auf die gemauerten Wände. Immer wieder spürt er klebrige Spinnweben in seinem Gesicht. Sie kommen an schweren Türen mit Holzschnitzereien und kunstvollen Eisenbeschlägen vorbei. Ein paar Türen sind mit Brettern vernagelt, andere mit dicken Ketten und großen Vorhängeschlössern verschlossen. An den Wänden hängen Kerzenhalter.

Schließlich erreichen sie eine Tür aus dunklem Holz mit einem Türgriff in Form eines Löwen.

»Wir sind da«, sagt Estrid, zieht ein Schlüsselbund aus der Tasche und öffnet das rostige Schloss mit dem größten Schlüssel.

Danach betreten sie den merkwürdigsten Raum, den Alrik und Viggo je gesehen haben.

Estrid streicht ein Streichholz an und entzündet eine Petroleumlampe, die direkt neben der Tür hängt. Danach hilft Magnar ihr, noch ein paar weitere Lampen anzuzünden.

Viggo und Alrik schauen sich staunend um. Der Raum, in dem sie sich befinden, ist groß. Die Decke ist gewölbt und überall mit Bildern und Textzeilen dekoriert. Der Text ist in einer altmodischen Schrift geschrieben, die sie nicht lesen können. Die Bilder stellen eine Menge seltsame Dinge dar. Nackte Frauen, um deren Arme sich Schlangen winden. Menschen, die andere Menschen und Bücher verbrennen. Mönche, die sich an den Händen halten und im Kreis um ein Schwert stehen, das in der Luft schwebt. Fantasie-Tiere, Monster, die Kinder verschlingen.

»Wow«, sagt Viggo mit aufgerissenen Augen.

Hinter einer Öffnung in der Wand führen zwei Stufen in einen weiteren, halb so großen Raum. An allen Wänden stehen Regale voller alter Bücher. Die Buchrücken sind aus Leder und die Titel mit Goldbuchstaben geschrieben. Mitten im Raum steht ein Steintisch, auf dem sich Bücher und sonderbare Kartenspiele stapeln.

Auf den Regalbrettern vor den Büchern liegen alle möglichen Gegenstände: Schwerter, Dolche, alte Schriftrollen, Kristalle, ausgestopfte Tiere, Hüte, Federn, verschlossene Glaskolben mit verschrumpelten Krümeln, die wie Mäuseködel aussehen. Von der Decke hängen

Lederschnüre mit eigentümlichen Sachen: Zähne, Schädel von Kleintieren, Steine in allen Farben, getrocknete Pflanzen oder einfach nur Holzstöckchen.

Die Härchen in Alriks Nacken stellen sich auf. Er weiß nicht, ob er sich vor Angst in die Hose machen oder das Ganze einfach nur cool finden soll.

»Hier sind Staubwedel«, sagt Magnar und drückt jedem von ihnen einen kurzen Stab mit einem Büschel weicher Federn in die Hand.

Viggo und Alrik glotzen die Staubwedel an.

»Vogelarsch minus restlicher Vogel«, flüstert Viggo.

»Ihr nehmt zuerst die Bücher aus den Regalen«, sagte Estrid. »Dann staubt ihr die Bücher ab, danach das Regal, und stellt die Bücher in der exakt gleichen Reihenfolge zurück. Exakt. Gleiche. Reihenfolge. Schummeln gilt nicht. Und glaubt ja nicht, dass ihr heute fertig werdet.«

Estrid sieht die beiden Jungen herausfordernd an.

»Aber von dem Regal dort drüben lasst ihr die Finger«, sagt sie und zeigt auf ein Regal in einer Wandnische.

»Stehen da die besonders wertvollen Bücher, oder warum?«, fragt Viggo.

Estrid schnaubt verächtlich. »Die meisten Bücher in dieser Bibliothek sind von unschätzbarem Wert. Alle zusammen stellen sie ein unvorstellbares Vermögen dar. Aber die Bücher in dem Regal dort drüben sind das Einzige, was ihr unter keinen Umständen anrühren dürft.«

Vor dem verbotenen Regal in der Wandnische ist ein doppeltüriges Eisengitter angebracht, das mit einem kräftigen Schloss verriegelt ist. Estrid zieht den Schlüssel ab und lässt ihn in ihrer Tasche verschwinden.

»Na dann!«, sagt sie. »Wir lassen euch jetzt allein und kommen in einer Stunde zurück.«

»Es spukt hier doch nicht, oder?«, fragt Viggo. »Der da sieht schon ziemlich unheimlich aus.« Er zeigt auf das Portrait einer Person in einem braunen Umhang. Das Gesicht ist im Schatten der Kapuze verborgen. Man sieht nur die Augen funkeln.

»Nein«, sagt Estrid. »Vor dem braucht ihr nun wirklich keine Angst zu haben.«

Und damit lassen sie und Magnar die beiden Jungen allein zurück. Die Tür fällt hinter ihnen ins Schloss.

Draußen schiebt Estrid so geräuschlos wie möglich den Riegel vor die Tür, damit niemand aus der Bibliothek herauskommt.

»Ja, ja«, sagt Magnar, als Estrid und er sich auf den Rückweg machen. »Hat er den Schlüssel genommen?«

Estrid schiebt die Hand in die Tasche. »Ja«, sagt sie, »hat er. Wahrscheinlich, als er auf das Gemälde gezeigt hat. Ich hab nichts gemerkt, obwohl ich damit gerechnet habe.« Sie schüttelt den Kopf. »Dann wollen wir mal hoffen, dass er in anderen Dingen auch so geschickt ist wie beim Klauen.«

»Wollen wir hoffen, dass sie alle beide clever und geschickt sind«, sagt Magnar seufzend und kann seine Unruhe kaum verbergen. »Jetzt kann alles passieren … Der Himmel steh ihnen bei.«

KAPITEL 7

Das Finsterwesen

»Nur ganz kurz aufmachen und gucken«, bettelt Viggo und hält den Schlüssel zu dem verbotenen Buchregal hoch.

Alrik schüttelt energisch den Kopf. Natürlich hatte Viggo es nicht lassen können, den Schlüssel aus Estrids Tasche zu stibitzen.

Alriks Blick wandert zu dem Regal. Natürlich ist das schrecklich spannend, seine Neugier wächst mit jeder Sekunde. Estrid und Magnar sind schon auch selber schuld, wenn sie hundertmal betonen, dass das Regal absolut tabu für sie ist. Das ist ja mehr oder weniger eine direkte Einladung.

Natürlich müssen sie die Gittertür aufschließen und sich die Bücher genauer ansehen, was so besonders an ihnen ist, wenn sie schon den Schlüssel haben.

»Okay, mach schon auf«, sagt er aufgeregt.

Viggo steckt den Schlüssel ins Schloss und dreht ihn herum. Es klickt laut und die Türflügel schwingen auf. Dahinter stehen Bücher mit Ledereinbänden in unterschiedlichen Farben und Größen.

Wo sollen sie anfangen? Welches sollen sie sich zuerst anschauen?

Alrik fährt mit der Hand über die Buchrücken. Eins ragt ein bisschen aus der Reihe heraus. Er zögert eine Sekunde und hat plötzlich, ohne richtig zu wissen wie, das Buch in der Hand. Es ist verhältnismäßig dünn und hat einen schwarzen Einband ohne jeden Text darauf.

»Unheimlich!«, sagt er.

»Warum?«, fragt Viggo.

»Ich weiß nicht. Fühl mal!«

Viggo streicht mit den Fingern über den Buchdeckel. »Das ist ja warm«, platzt er heraus und zieht eilig die Hand weg.

Da fängt das Buch an zu vibrieren, anfangs noch ganz leicht, aber bald ruckt es heftig in Alriks Händen.

Seine Finger gehorchen ihm nicht, als er das Buch fallen lassen will.

»Nimm das Buch weg!«, schreit Alrik. »Ich kann meine Hände nicht mehr bewegen. Au, das ist so heiß, als würde es brennen! Nimm es weg! Bevor es explodiert! NIMM ES WEG!«

Viggo nimmt das Buch aus Alriks Händen, aber es ist so glühend heiß, dass er es fallen lässt. Das Buch landet mit aufgeschlagener Mittelseite auf dem Boden. Sie hören den Knall. Sie sehen es landen. Dann wird es schwarz im Raum. Kohlrabenschwarz. Wie in einem Sack. Die Petroleumlampen sind erloschen.

Alrik tastet nach der Taschenlampe. Aber es nützt nichts, als er sie anschaltet. Der Lichtstrahl der Lampe wird von der Dunkelheit verschluckt. Man sieht die Hand vor Augen nicht.

»Alrik?«, ruft ein zu Tode verängstigter Viggo.

»Ich bin hier«, antwortet Alrik direkt neben ihm und zieht ihn an sich.

Sie klammern sich aneinander. Die Dunkelheit hüllt sie ein, bewegt sich um sie herum, als würde ein Wind durch die Bibliothek ziehen.

Nein, kein Wind. Etwas anderes. Alrik hat das Gefühl,

dass die Dunkelheit ihn von Viggo wegzerren will. Er hält seinen kleinen Bruder ganz fest.

Da wird es schlagartig still. Die Dunkelheit um sie lockert ein wenig auf, jetzt wabert sie wie ein dunkler Schleier über dem Boden, um im nächsten Moment in schwarzen Rauchschleifen durch den Raum zu ziehen und sich am anderen Ende des Raumes zu einem unförmigen Klumpen zusammenzuballen.

Und dann beginnt der Klumpen einen Laut von sich zu geben, wie ihn die Jungen noch nie in ihrem Leben gehört haben.

Ein Fauchen. Oder Knarren. Es knackt und schabt. Fast wie eine Sprache. Eine unmenschliche Sprache.

Die Dunkelheit beginnt wieder sich zu rühren, dieses Mal bewegt sie sich genau auf die Jungen zu. Sie schwappt vor und zurück, kommt aber unablässig näher. Zwischendurch scheint sie verschiedene Formen anzunehmen, wie Wolken am Himmel, in denen man Drachen und Fantasietiere erkennt. Dann wieder formen die Rauchschleier sich zu … einem aufgerissenen Maul mit gebleckten Reißzähnen in einem zottigen Pelz – und schon verschwimmt alles wieder.

Dann sind die dunklen Schleier ganz verschwunden.

Alrik leuchtet mit der Taschenlampe in alle Richtungen und alle Winkel.

»Wo ist es hin?«, ruft Viggo.

»Dort«, ruft Alrik und leuchtet unter den Tisch.

Und dort, unter dem großen Bibliothekstisch, windet sich fauchend das Finsterwesen.

Bereit zum Angriff.

KAPITEL 8

Es wird uns töten

Das Finsterwesen faucht und zischt unter dem Tisch. Nicht wie eine Katze oder eine Schlange. Nicht wie irgendetwas, das Viggo und Alrik jemals gehört haben. Der Laut jagt ihnen kalte Schauer über den Rücken. Und dann schießt das Etwas plötzlich auf sie zu.

»Pass auf!«, schreit Alrik und schubst Viggo zur Seite, während er mit aller Kraft nach dem Wesen tritt.

Er greift sich einen Stab, der an einem der Regale lehnt, jagt das Wesen um den Bibliothekstisch und schlägt wild um sich. Das Finsterwesen huscht unter den Tisch, und als Alrik sich vorbeugt, um zu schauen, wo es abgeblieben ist, saust es direkt auf Viggo zu.

Viggo weicht in eine Ecke zurück, als das Finsterwesen auf ihn zugerauscht kommt und gegen seinen Körper prallt. Alrik stürzt hinter ihm her, aber da hat es sich schon bedrohlich gurgelnd ans andere Ende des Raumes verflüchtigt.

»Au«, jammert Viggo und reibt seine Hand. »Es hat mich gebissen.«

»Du blutest«, platzt Alrik heraus.

Und tatsächlich, von Viggos linker Hand tropft Blut auf den Boden.

Sie beobachten die dunkle Wolke, die jetzt vor der Tür auf und ab schwappt, als suche sie nach einem Weg nach draußen.

Alrik sieht sich nach etwas um, das er als Waffe benutzen kann. Den Stab hat er irgendwo im Getümmel verloren. Da entdeckt er in einem der Regale einen Dolch. Er streckt den Arm danach aus, ohne das Finsterwesen aus den Augen zu lassen.

»Wir müssen hier raus«, flüstert er Viggo zu. »Bleib dicht hinter mir, ich versuche, das Monster von der Tür weg zu locken.«

Sie kommen näher. Das Finsterwesen knackt und knarrt, macht einen Vorstoß, zieht sich jedoch wieder zu-

rück. Alriks Herz hämmert. Er wedelt mit dem Dolch vor sich in der Luft herum. »Komm schon, du Teufel«, presst er zwischen den Zähnen hervor. »Trau dich!«

Sie machen noch ein paar Schritte und plötzlich verstummt das Monster. Es klingt, als würde es tief einatmen, Luft ansaugen. Viggo und Alrik ergreifen die Gelegenheit und stürzen zur Tür. Sie drücken die Klinke herunter, aber es rührt sich nichts.

»Aufmachen!«, schreien sie und hämmern mit den Fäusten dagegen. Sie rütteln an der Tür, werfen sich dagegen, aber sie bewegt sich so wenig wie eine Mauer.

Alrik zieht sein Handy aus der Tasche. Kein Empfang.

Viggo zupft an Alriks Pulloverärmel. »Guck mal«, flüstert er mit erstickter Stimme.

Und Alrik sieht, was er meint. Das Finsterwesen schlängelt sich über den Boden und schlabbert Viggos Blut Tropfen für Tropfen auf. Und mit jedem Blutstropfen, den es aufleckt, wächst es. Wie kann so ein Schattenwesen schlucken? Alrik ist wie erstarrt. Und jetzt bewegt es sich auf Alrik und Viggo zu.

»Es wird uns töten!«, schreit Viggo.

Alrik wedelt mit der Hand als Zeichen, dass Viggo sich in Deckung bringen soll. Er zittert so heftig, dass er den

Dolch mit beiden Händen festhalten muss. Er und das Finsterwesen umkreisen sich wachsam. Dann macht Alrik einen schnellen Schritt nach vorn, nimmt den Dolch in eine Hand und sticht zu.

Er sieht nicht, was passiert, spürt aber einen harten Schlag gegen die Brust, der ihn nach hinten schleudert. Er schlägt mit dem Kopf auf dem Steinboden auf. Vor seinen Augen flimmert es. Der Dolch rutscht unter den Tisch.

Das Finsterwesen krümmt sich wie vor einem Sprung. Gleich wird es sich auf ihn stürzen. Er versucht, auf die Füße zu kommen, aber seine Beine gehorchen ihm nicht.

Da stößt Viggo ein lautes Stöhnen aus. Er steht noch immer vor der Tür und beugt sich über den Tisch, als würde er ohnmächtig werden. »Oooooh«, stöhnt er laut und hält die verletzte Hand in die Luft.

Die Hand zittert und blutet stark. Viggo tastet nach der Tischkante, will sich daran festhalten, wobei er eine ausgestopfte Krähe umstößt, die mit einem Krachen zu Boden fällt. Dann sackt er zusammen und bleibt auf dem Boden liegen.

Das Finsterwesen wischt hin und her, nimmt die Witterung von Viggos Blut auf. Alrik scheint es völlig vergessen zu haben.

»Viggo!«, schreit Alrik mit kläglich krächzender Stimme. Sein Kopf droht zu platzen. »Viggo, pass auf!«

Aber Viggo liegt reglos am Boden. Alrik robbt auf das Finsterwesen zu, aber seine Muskeln wollen ihm nicht gehorchen. Der ganze Raum beginnt hin und her zu schwanken. Es ist zu spät. Das Wesen kauert sich zusammen, nimmt Anlauf und stürzt sich auf seinen kleinen Bruder.

KAPITEL 9

Wo ist die Hohnstange?

Das Finsterwesen stürzt sich auf Viggo. Exakt in diesem Augenblick schiebt Viggo die Hand unter seinen Pullover und zieht das schwarze, ledergebundene Buch darunter hervor, dem das Wesen entstiegen ist. Er schlägt es auf.

Die Dunkelheit wird unmittelbar davon aufgesogen, mit einem ploppenden Geräusch, wie wenn man geplatzte Luftballons mit dem Staubsauger aufsaugt. Viggo hält das Buch krampfhaft fest, bis das Finsterwesen komplett von den Seiten aufgeschlürft ist.

Dann klappt er es zu, kommt mit einem Satz auf die Füße und läuft zu dem verbotenen Regal. Er stellt das

Buch eilig zurück an seinen Platz, knallt die Gittertüren zu und schließt sie ab.

Alrik stemmt sich auf Knien und Händen hoch. Sein Kopf dröhnt. Er könnte vor Erleichterung heulen.

Viggo dreht sich zu ihm um. Er ist kreidebleich und hält seine verletzte Hand fest. »Dem haben wir's aber gezeigt!«, stellt er fest.

Die beiden prusten los, obwohl es nun wirklich keinen Grund zum Lachen gibt.

Alrik dreht sich wieder auf den Rücken und hält sich den Bauch. Er hat höllische Kopfschmerzen. Aber sie lachen und können gar nicht mehr aufhören.

Nach genau einer Stunde kommen Estrid und Magnar zurück in die Bibliothek. Die Jungen schauen kurz hoch, nach Estrids Geschmack auffällig kurz, und machen dann weiter mit dem Staubwischen, als wäre nichts Außergewöhnliches oder Erschreckendes vorgefallen. Als wäre alles wie immer. Estrid mustert sie skeptisch.

»Warum hast du die linke Hand in die Hosentasche gesteckt, Viggo?«, fragt sie.

Viggo zuckt mit den Schultern. »Weil mir danach ist.«

Magnar geht zu Viggo und legt ihm freundschaftlich

die Hand auf die Schulter. »Darf ich mal sehen«, sagt er sanft.

Viggo zieht widerstrebend die Hand aus der Tasche und streckt sie aus. Sie ist blutverschmiert und auf dem Handrücken ist deutlich ein Biss zu erkennen.

»Tut es weh?«, will Magnar wissen.

»Ja, ein bisschen«, gibt Viggo zu und lässt Magnar einen Blick darauf werfen.

»Was ist passiert?«, fragt Estrid.

»Ich bin gestolpert.«

Estrids Hand schießt vor wie eine Schlange und umklammert Viggos Handgelenk. »Jetzt erzählt ihr auf der Stelle die Wahrheit«, sagt sie scharf. »Das hier ist kein Spiel. Und könnte es wohl sein, dass in deiner Tasche ein Schlüssel steckt, der da nichts zu suchen hat?«

Viggo schnappt nach Luft, schielt zu Alrik rüber. Und tut dann, wozu Estrid ihn aufgefordert hat. Er gibt ihr den Schlüssel zurück und erzählt ausführlich, was sie erlebt haben.

»Ich muss schon sagen«, platzt Magnar beeindruckt heraus, als Viggo seinen Bericht beendet. »Das war ganz schön clever von euch. Clever und geschickt. Findest du nicht auch, Estrid? Und willst du nicht Viggos Hand loslassen?«

Viggo zieht die Hand weg. Estrid schnaubt gereizt. Alrik überlegt, ob das ihre Art ist, zu sagen: *Ja, lieber Bruder. Clever und geschickt, das kann man wohl sagen.* Den großen Preis für Lob verteilen und Optimismus versprühen wird sie jedenfalls nicht gewinnen.

Plötzlich fährt sie herum und zeigt an die hintere Wand. »Moment mal«, ruft sie aufgebracht. »Was habt ihr mit der Hohnstange gemacht?«

»Mit was?«, fragt Viggo.

»Mit der Hohnstange«, wiederholt Estrid. »Die genau dort an der Wand gelehnt hat!«

»Ein langer Holzstab mit eingeritzten Zeichen?«, erklärt Magnar.

»Wir haben doch nicht …«, fängt Viggo an, aber Alrik unterbricht ihn.

»Ich hab den Stock genommen, als ich mit diesem … Wesen, oder was immer das war, gekämpft habe, das aus dem Buch gekrochen ist«, sagt er. »Aber ich hab keine Ahnung, wo der Stock abgeblieben ist. Irgendwann war er einfach weg.«

Die vier sehen sich suchend um, schauen unter den

Tisch und leuchten den Boden mit ihren Taschenlampen ab. Kein Holzstab weit und breit.

Sie suchen überall. Selbst in dem angrenzenden Raum, in dem sie gar nicht waren. Danach suchen sie noch einmal alles ab.

Estrid wird immer blasser. »Okay«, sagt sie mit angespannter Stimme. »Jetzt noch einmal ganz von vorne.«

Sie geht zu dem verbotenen Buchregal und zeigt auf das Buch, das Alrik herausgenommen hat. »Es war dieses Buch, nicht wahr?«

Alrik und Viggo nicken.

»Ich verstehe das nicht«, fährt Estrid fort. »Das ist eine sumerische Schrift, die einen Edimmu in sich birgt. Aber ein Edimmu kann keine Magie ausüben. Er kann unmöglich die Hohnstange vernichtet oder sie aus der Bibliothek geschleust haben. Ich versteh das nicht.«

Alrik schielt zu Viggo hinüber. Er versteht auch nichts mehr. Was ist das hier für ein unterirdisches Irrenhaus? Viggo schielt zurück und zeigt unauffällig auf Mund, Nase und Augen. Das ist ihr Zeichen für die Notrufnummer 112. Viggo und Alrik benutzen das Zeichen, wenn sie jemanden für komplett wirr im Kopf halten. »*Ruf den Krankenwagen!*« soll das heißen. »*Der gehört in die Klapse!*«

Aber, denkt Viggo mit einem Blick auf den Biss auf seinem Handrücken, das Finsterwesen war echt.

Er sieht Estrid an. »Wie heißt das Ding in dem Buch?«, fragt er. »Edimmu? Was ist das?«

»Diese Wesen haben unterschiedliche Namen«, erklärt Estrid. »Manche nennen sie hungrige Geister, weil sie Schwierigkeiten mit dem Schlucken haben. Sie können zwar beißen, aber man läuft nicht Gefahr, von ihnen aufgefressen zu werden. Sie können in Gegenstände einziehen, zum Beispiel in ein Buch. Ich dachte, dieser Edimmu wäre ungefährlich für euch …«

»Moment!«, ruft Alrik. »Sie dachten, der wäre UNGEFÄHRLICH FÜR UNS? Wussten Sie, dass er uns angreifen würde? War das alles geplant?«

Estrid verschränkt die Arme vor der Brust. »Ich habe euch nicht gezwungen, den Schlüssel zu stehlen! Oder habe ich das? Ich habe ganz DEUTLICH gesagt, dass ihr die Finger von diesem Regal lassen sollt!«

»Aber Sie wollten, dass wir das Buch herausnehmen!«, schreit Alrik. »Stimmt's? Sie … Sie beide! Sie sind ja verrückt! Komm Viggo, wir gehen!«

Estrid sieht ihn streng an. »Versuch es doch!«, knurrt sie. »Hier geht keiner irgendwo hin!«

KAPITEL 10

Bis heute Nacht

»Komm Viggo, wir gehen!«, schimpft Alrik und legt die Hand auf die Türklinke.

»Nicht, ehe ich weiß, was mit der Hohnstange passiert ist!«, brummt Estrid und sieht aus, als wollte sie ihn von der Tür wegreißen. Ihre grünen Augen haben jetzt etwas Raubtierhaftes. Magnar legt ihr eine Hand auf den Arm.

»Ich weiß immer noch nicht, was eine Hohnstange ist«, sagt Viggo.

»Vergiss es«, stöhnt Alrik. »Jetzt komm schon.«

Er öffnet die Tür. Aber Viggo bleibt stehen.

»Eine Hohnstange kann sehr gefährlich werden, wenn sie in die falschen Hände gerät«, sagt Magnar ruhig. »Mit einem auf die Stange aufgesteckten, abgehackten Tierkopf wird sie genutzt, um Menschen zu verfluchen. Man steckt die Hohnstange in den Boden, richtet den Kopf auf das Haus des Feindes und spricht dazu einen Fluch. Das soll Unglück und Verderben über die Bewohner des Hauses bringen.«

»Was ist das hier für ein Ort?«, fragt Viggo. »Wer seid ihr?«

Alrik sieht seinen kleinen Bruder an. Viggo wirkt kein bisschen ängstlich, einfach nur ... neugierig. Er ist genauso verrückt wie Estrid und Magnar. Wahrscheinlich ist er als Baby vom Wickeltisch gefallen und dabei hat sein Gehirn an der Stelle einen Schaden abbekommen, wo normale Menschen ihr Angstzentrum haben. Alrik möchte am liebsten nur weg und nie, nie wieder in die Nähe dieses Ortes kommen.

»Sei so gut und mach die Tür zu, Alrik«, sagt Magnar. »Es dauert nicht lange. Ich verstehe, dass du wütend bist. Wir hätten euch dieser ... Prüfung nicht aussetzen dürfen.«

Alrik schüttelt den Kopf. Er wird hier ganz bestimmt keine Tür schließen. Er bereitet sich innerlich darauf vor, Viggo zu packen und mit ihm um ihr Leben zu rennen.

Und doch bleibt er stehen.

Magnar atmet tief ein. »Diese Bibliothek ist sehr alt«, sagt er. »Älter als man sich vorstellen kann. Irgendwann stand einmal ein Kloster an dieser Stelle direkt über uns. Es hieß *Pax Mariae. Marias Frieden* bedeutet das. Daher auch der Name des Städtchens: Mariefred. Damals haben die Mönche des Klosters die Bibliothek bewacht. Doch es gibt sie schon sehr viel länger, seit unerdenklichen Zeiten. Heute sind wir die Wächter. Wir sind als kleine Kinder nach Mariefred gekommen. Unsere Pflegemutter war vor uns die Wächterin.«

»Stecken in allen Büchern Edimmus?«, fragt Viggo.

Magnar schüttelt den Kopf.

»Nein, nur einige wenige Gegenstände und Bücher hier unten sind magisch. Die meisten Bücher enthalten nur Wissen.«

»Aber keiner der magischen Gegenstände darf die Bibliothek verlassen«, sagt Estrid aufgebracht. »Unter keinen Umständen. Was ist mit der Hohnstange passiert? Ohh! Warum musstet ihr aber auch ausgerechnet die nehmen, um euch zu verteidigen?«

»Entschuldigung«, sagt Viggo automatisch.

Heiße Wut steigt in Alrik auf. Viggo hat sich angewöhnt, sich zu entschuldigen, sobald jemand laut wird. Er entschuldigt sich am laufenden Band bei Lehrern und Jugendamtstussis und bei ihrer Mutter. Aber er meint es nicht wirklich ernst. Viggo würde sich auch im Schlaf noch entschuldigen.

»Hast du sie noch alle«, zischt Alrik. »Die hätten uns fast umgebracht und du entschuldigst dich bei ihnen.«

»Entschuldigung«, sagt Viggo mit einem Achselzucken.

Estrid presst die Fingerspitzen an die Schläfen.

»Wenn sie vernichtet oder in ein Buch gebannt wurde, ist es nicht so gefährlich«, sagt sie. »Aber wenn sie aus der Bibliothek geschleust wurde … wie immer das vonstattengegangen sein soll … dann ist die Katastrophc perfekt. Wir müssen sie suchen! In ganz Mariefred!«

»WIR?«, blafft Alrik sie an. »Es gibt kein WIR! Sie meinen wohl, dass SIE danach suchen müssen.«

»Das ist es, worauf ich zu sprechen kommen will«, sagt Magnar. »Wir wussten, dass ihr kommen würdet. Wir haben euch erwartet. Ihr seid hier, um uns zu helfen.«

Alrik und Viggo holen Luft – Alrik, um zu protestieren, Viggo, um weitere Fragen zu stellen, aber in diesem Moment beginnt eine kleine Glocke über der Bibliothekstür zu klingeln.

Alle vier starren die Glocke an, die unermüdlich mit leisem, klirrendem Ton bimmelt.

»So was Dummes«, murmelt Magnar. »Da klingelt jemand oben an unserer Haustür. Mir ist schon klar, dass ihr tausend Fragen habt. Aber Estrid hat recht: Im Augenblick ist es das Wichtigste, dass wir die Hohnstange finden.«

Er scheucht sie aus der Bibliothek und verschließt die schwere Tür hinter ihnen. Mit eiligen Schritten laufen sie zurück durch den unterirdischen Gang, die Treppe hinauf in den Vorratskeller.

»Wir müssen heute Nacht suchen«, sagt Estrid. »Wenn alle schlafen. Damit wir in die Gärten der Leute schleichen können.«

»Helft ihr uns?«, fragt Magnar.

Viggo springt vor Begeisterung fast in die Luft, als er »heute Nacht« und »in die Gärten der Leute schleichen« hört. Er betrachtet das Ganze als spannendes Abenteuer. »Wo treffen wir uns?«, fragt er erwartungsvoll.

Alrik fühlt sich plötzlich furchtbar erschöpft. Viggo, dieser Trottel, der seine Finger nicht unter Kontrolle hat. Hätte er Estrid doch bloß nicht den Schlüssel aus der

Tasche geklaut. Jetzt muss Alrik heute Nacht mit raus. Er kann Viggo auf keinen Fall alleine lassen.

Magnar schiebt die Geheimtür im Keller auf, die als Vorratsregal getarnt ist.

»Vier Uhr«, sagt Estrid und schiebt die Geheimtür wieder zu. »Wir warten unten vor eurem Fenster. Und denkt daran, die Bibliothek ist ein Geheimnis. Erzählt niemandem davon.«

Sie laufen in die Wohnetage hoch und Magnar öffnet die Tür.

Laylah und Anders stehen davor.

»Hallihallo«, sagt Laylah und strahlt übers ganze Gesicht. »Dann seid ihr also doch zu Hause. Wir haben uns schon gewundert, wieso keiner aufmacht. Anders und ich haben einen Spaziergang gemacht, um die Jungs abzuholen, damit es nicht zu spät wird.«

»Hallo, Jungs«, sagt Anders.

»Tut mir leid, dass ihr warten musstet. Wir waren unten im Keller … und haben Tulpenzwiebeln gesucht«, entschuldigt sich Magnar. »Bei den dicken Wänden hört man die Klingel nur schlecht.«

Alrik und Viggo gehen nach draußen und stellen sich neben Laylah und Anders.

»Und, war's gut?«, fragt Laylah und wuschelt ihnen durchs Haar. Alrik und Viggo nicken, Viggo mit der linken Hand in der Tasche.

»Sehr gut«, sagt Magnar.

»Das freut mich«, sagt Laylah. »Vielleicht sollte ich auch mal vorbeikommen. Gartenarbeit hat sowas Beruhigendes.«

Alrik und Viggo tauschen heimlich Blicke. Beruhigend. Ein guter Witz!

Magnar schiebt die Hände in die Taschen seines Overalls und wippt auf den Füßen vor und zurück.

»Ihr könnt sagen, was ihr wollt«, meint er gähnend, »aber mich ruft mein Bett. Morgen ist auch noch ein Tag, und wir müssen früh aus den Federn. Danke für eure Hilfe, Jungs.«

»Bis zum nächsten Mal!«, sagt Estrid.

Schon heute Nacht, denkt Alrik. Wenn Viggo nicht den Biss an der Hand hätte, würde er das alles für einen Traum halten.

KAPITEL 11

Wenn alle anderen schlafen

»Mmh … Ich war das nicht!«, murmelt Viggo im Schlaf. »Ich hab nichts gemacht! Entschuldigung!«

»Viggo! Wach auf!« Alrik rüttelt seinen kleinen Bruder an der Schulter. »Es ist soweit.«

Viggo schlägt die Augen auf und wischt sich mit dem Handrücken ein bisschen Schlafspucke aus dem Mundwinkel. Alrik sitzt fertig angezogen auf seiner Bettkante. Das Mobiltelefon auf dem Nachttisch zeigt, dass es zwei Minuten nach vier ist. Mitten in der Nacht.

Wenige Minuten später klettern sie die Brandleiter hinunter, die unter ihrem Fenster im ersten Stock an die Hauswand geschraubt ist.

Magnar und Estrid, die unter einer Straßenlaterne auf sie warten, sehen gespenstisch aus. Der Mond leuchtet rund und blassgelb am Nachthimmel. In der Ferne ist Hundegebell und Jaulen zu hören.

»Die Hunde spielen verrückt«, sagt Magnar zu den Jungs. »Was ist nur los?«

»Was du immer hast«, sagt Estrid ungeduldig und drückt jedem der Jungen eine Taschenlampe in die Hand. »Wir müssen uns ranhalten. Ich spüre, dass die Hohnstange ganz in der Nähe ist, kann sie fast riechen.«

»Viele Leute schließen nachts ihre Gartentüren ab. Ich schlage vor, wir probieren es erst einmal bei den unverschlossenen«, sagt Magnar. »Danach können wir …«

»Ich habe eine bessere Idee«, sagt Viggo. »Komm mit, Alrik.«

Viggo klettert flink wie ein Eichhörnchen auf die Bretterumzäunung, die den Garten einfasst. Mit etwas Mühe klettert Alrik hinterher.

»Seht ihr«, erklärt Viggo eifrig. »Alrik und ich können auf den Zäunen zwischen den Grundstücken balancieren. Von hier aus können wir in mehrere Gärten gleichzeitig gucken und sparen ein Menge Zeit. Wenn wir etwas entdecken, das wie eine Stange aussieht, springen wir einfach runter und öffnen die Gartentür von innen. Dann könnt ihr reinkommen und nachschauen, ob das die Hohnstange ist oder nicht. Clever, was?«

»Ja, super!«, faucht Alrik und klammert sich an einer Regenrinne fest.

»Das sieht aber ganz schön halsbrecherisch aus«, findet Magnar.

»Nur, wenn man runterfällt«, grinst Viggo und läuft los.

Magnar und Estrid gehen auf der Straße neben ihnen her und warten ab, ob sie in einen Garten eingelassen werden, während Viggo und Alrik über die Zäune balancieren. Viggo ist eindeutig der Schnellere von beiden. Alrik muss immer wieder schauen, wo er die Füße aufsetzt.

Viggo überblickt die Gärten von seiner erhöhten Position, und es dauert tatsächlich nicht lange, bis er etwas entdeckt. Er pfeift leise und zeigt mit dem Finger auf die Stelle. Alrik leuchtet mit der Taschenlampe dorthin. Mitten auf dem Rasen in einem kleinen Innenhof steht eine Stange. Das obere, klobige Ende der Stange ist mit braunem Sackleinen abgedeckt. Alriks Magen krampft sich zusammen. Steckt darunter ein abgehackter Tierkopf?

Viggo springt geschmeidig wie eine Katze von dem

Zaun und lässt Magnar und Estrid durch das Gartentor herein. Die Türangeln quietschen beunruhigend laut, als er die Tür öffnet. Sofort beginnt ein Hund im Haus zu bellen. Estrid, Magnar und Viggo ziehen sich eilig in den Schatten des Carports zurück und ducken sich hinter dem Auto. Alrik, der immer noch auf dem Zaun steht, drückt sich dicht an die Hauswand. Er versucht, mit der Hauswand zu verschmelzen, um nicht entdeckt zu werden, falls jemand aus dem Fenster schaut. Der Hund bellt wie verrückt. Und aus allen Richtungen antworten andere Hunde mit Bellen oder Jaulen.

Sie warten. Halten die Luft an. Warten noch ein wenig länger. Aber nichts passiert.

»Du hast recht, Magnar«, sagt Estrid. »Die Hunde spielen völlig verrückt.«

Nach unendlich langen Minuten trauen sie sich aus ihrem Versteck heraus. Alrik springt von dem Zaun. Seine Muskeln sind ganz steif vor Anstrengung. Gemeinsam nähern sie sich der Stange. Magnar knotet den Sack auf und zieht ihn herunter. Alrik schnappt nach Luft.

»Hab ich's mir doch fast gedacht, ein frisch gepflanzter Baum«, stellt Magnar fest. »Der Sack soll die Krone vor der Kälte schützen.«

Estrid geht weiter in den Garten hinein, um dort zu suchen. Sie sehen den Lichtkegel ihrer Lampe hin und her springen.

Alrik merkt, wie die Anspannung in seinem Körper etwas nachlässt. Zum Glück war kein Tierkopf unter dem Sackleinen…

»Sag schon«, sagt er zu Magnar. »Wer seid ihr? Und was hat es mit der Bibliothek auf sich?«

»Oh«, sagt Magnar, »wo soll ich da anfangen? Mariefred ist ein magischer Ort. Stell dir die Stadt als einen Magneten vor, der sowohl gute wie auch böse Kräfte anzieht. Es hat schon immer mächtige Menschen hierher gezogen, die noch mehr Macht haben wollten. Es gab hier schon immer Opferplätze, Klöster, Kirchen und Schlösser. Aber manchmal wird das Böse mit besonderer Kraft angezogen.«

»Wie meinen Sie das?«, hakt Viggo nach.

Magnar zieht den Sack sorgfältig über die Krone des frisch gepflanzten Baumes. »Die Zeit ist wie ein schlagendes Herz. Zwischen den einzelnen Schlägen herrscht Frieden und Harmonie. Aber wenn das Herz schlägt, wenn die Zeit pulsiert… dann versuchen die Mächte der Finsternis, die Herrschaft zu übernehmen. Jetzt ist es wieder soweit. Die Zeit hat seit mehr als zweihundert

Jahren nicht mehr pulsiert. Darum wissen wir nicht, was uns erwartet, was geschehen wird.«

»Aber was haben wir damit zu tun?«, fragt Alrik. »Was meinen Sie damit, dass Sie uns bereits erwartet haben?«

Plötzlich steht Estrid neben ihnen. Keiner hat sie kommen hören.»Wir sind fertig hier, weiter geht's. Kommt!«

Magnar und Estrid sind mit ein paar raschen Schritten bei der Gartentür. Viggo schwingt sich auf den Zaun und Alrik folgt ihm. Er kann kaum mit Viggo mithalten, der über Geräteschuppen huscht, sich an Regenrinnen entlang hangelt und über Dächer läuft.

Es dauert nicht lange, bis Viggo in einem anderen Garten wieder eine Stange entdeckt. Und wieder lässt er Magnar und Estrid in den Garten hinein, die schnell feststellen, dass auch dies nicht die Hohnstange ist. Estrid sagt ihnen, wo sie weitersuchen sollen. Beim Komposthaufen, hinter dem Holzschuppen, in den Blumenbeeten. Alrik folgt Magnar.

»In der Bibliothek gibt es kraftvolle und ungewöhnliche Bücher zum Thema Magie«, sagt Magnar. »Das habt ihr am eigenen Leib erfahren. Wenn die Zeit pulsiert, ist der Schutzschild der Bibliothek geschwächt. Und wenn sie in die falschen Hände fällt…«

»Wieso verbrennt ihr nicht einfach alle Bücher, wenn sie so gefährlich sind«, fragt Viggo, der plötzlich hinter ihnen auftaucht.

»Das ist das Letzte, was wir tun dürfen«, sagt Magnar. »In der Bibliothek befindet sich alles Wissen darüber, wie die bösen Mächte besiegt werden können – Geister, Werwölfe, Monster und was es sonst noch so gibt. Die Bibliothek wird immer wieder von Menschen aufgesucht, die gegen solche Wesen kämpfen und Rat suchen.«

Viggo glaubt nicht an Gespenster und übersinnlichen Kram. Meistens jedenfalls nicht. Und jetzt steht ein erwachsener Mann vor ihm und erzählt was von Werwölfen und Geistern, als wäre es das Selbstverständlichste auf der Welt. Plötzlich fällt ihm auf, wie dunkel es ist. Estrid wühlt ihn einer Tannenhecke herum, es raschelt und knackt überall.

Viggo schaut sich um. In den dunklen Ecken und Winkeln des Gartens können alle möglichen Gefahren lauern. Das Mondlicht scheint in ein Spielhaus auf dem Grundstück. Viggo bleibt fast das Herz stehen. Was ist das? Er fasst Magnar am Ärmel und zeigt ohne ein Wort auf das Haus, weil er keinen Ton herausbringt.

KAPITEL 12

Diene mir!

Viggo zeigt mit angehaltenem Atem auf das Häuschen. Durch das Fenster ist die Silhouette einer Stange mit einem Tierkopf zu erkennen.

Die Hohnstange!

Magnar sieht es auch und läuft zu dem Häuschen, um mit der Taschenlampe durch das Fenster zu leuchten.

Im nächsten Moment dreht er sich um und gibt Entwarnung. »Keine Gefahr«, flüstert er. »Das ist nur ein Steckenpferd!«

Alrik lacht.

Viggo stößt ihm mit dem Ellenbogen in die Seite. »Was

lachst du so blöd?«, faucht er. »Findest du das komisch, oder was?«

Sein Herz rast noch immer.

»Lass das«, blafft Alrik und knufft zurück. »Wenn jemand das ganze komisch zu finden scheint, dann ja wohl du.«

Estrid kommt aus der Tannenhecke und sieht aus, als würde sie auch gerne mitknuffen.

»Was macht ihr denn da?«, schimpft sie. »Lasst uns weitersuchen. Und reißt euch zusammen!«

Sie suchen weiter. Der Mond scheint so hell, dass sie durch die Fenster in die Häuser schauen können.

Wie schön die Wohnungen eingerichtet sind, denkt Alrik. Prachtvoll gerahmte Gemälde, große Teppiche, schöne Lampen, Obst in hübschen Schalen.

An einer Stelle bleibt er stehen und schaut direkt in ein Schlafzimmer, wo ein kleiner Junge in seinem Bett schläft. Am Fußende hat sich ein Hund zusammengerollt. Sein Fell ist zottig und hellbraun, die Ohren lang. Er hebt den Kopf und will gerade anfangen zu bellen, aber Alrik gibt ihm ein Zeichen, dass er still sein soll, indem er den Finger vor die Lippen legt. Und erstaunlicherweise gehorcht der Hund. Er legt den Kopf schief und schaut Alrik tief in die Augen. Dann rollt er sich wieder zusammen und schläft auf den Füßen seines kleinen Herrchens ein. Alrik spürt eine große Hundesehnsucht in seiner Brust, die fast wehtut.

Aber er muss sich losreißen, weil Viggo schon über das nächste Dach beim nächsten Grundstück ist.

Um halb sechs haben sie die Hohnstange noch immer nicht gefunden. Sie haben Besenstiele, Rankhilfen, Skistöcke und Bambusstäbe gesehen, aber keine Hohnstange.

Als Viggo gähnt, meint Magnar, dass es wohl das Beste ist, nach Hause zu gehen, bevor die Stadt zu erwachen beginnt.

»Wir suchen morgen Nacht weiter«, sagt er.

Alrik und Viggo schleichen auf demselben Weg ins Haus zurück, auf dem sie rausgekommen sind. Ganz leise klettern sie die Leiter hoch durchs Fenster in ihr Zimmer.

»Keiner ist wach geworden«, sagt Viggo, als sie schnell aus ihren Kleidern schlüpfen und unter ihre Bettdecken kriechen. »So ein Glück.«

Aber Viggo irrt sich.

Ihre Pflegemutter Laylah ist wach. Sie steht am Küchenfenster im Erdgeschoss und schaut in den Garten hinaus.

Es ist wahrscheinlich besser so, dass Alrik und Viggo sie in diesem Moment nicht sehen. Sie hat das Gesicht fest gegen die Scheibe gedrückt, die Nase ist zur Seite gebogen, die Lippe nach oben gezogen und gibt die obere Zahnreihe frei. Sie sieht aus wie ein Tier, das die Zähne fletscht und jeden Moment zuschnappen will. Ihr Blick ist glasig und auf etwas dort draußen geheftet.

Dort, verborgen in einem Busch neben dem Komposthaufen, steht eine Stange. Eine Stange mit Schnitzereien. Auf dem oberen Ende steckt ein abgehackter Pferdekopf. Die Stange ist rot von dem herabgeronnenen Blut. Und der Pferdekopf spricht mit Laylah. Die Stimme in ihrem Kopf klingt klar und überzeugend.

Die Jungen können nicht länger hier wohnen, sagt der Pferdekopf.

»Nicht länger hier wohnen«, wiederholt Laylah.

Sie werfen Steine, fährt der Pferdekopf fort, *zetteln Prügeleien an, bereiten ständig neue Sorgen.*

»… Sorgen.«

Sie müssen weg. Weg von euch. WEG AUS MARIEFRED!

»Weg!«, sagt Laylah und ihr Atem beschlägt die Scheibe.

Und du wirst dafür sorgen, dass sie in der Schule versagen, sagt der Pferdekopf. *Du wirst tun, was ich dir befehle. Diene mir!*

»Ich diene dir!«, sagt Laylah.

Sie geht raus in den Flur, öffnet Viggos und Alriks Rucksäcke und nimmt ihre Mathehausaufgaben heraus. Dann geht sie zu dem Kachelofen im Arbeitszimmer und öffnet die Luke. Sie knüllt die Hausaufgabenzettel zusammen, wirft sie in den Ofen und verbrennt sie.

Eine Stunde später weckt sie Alrik und Viggo. Sie unterhalten sich mit ihr wie gewohnt, aber Laylah ist ungewöhnlich schweigsam. Normalerweise lacht sie viel am Morgen, aber selbst als Viggo Werk-Thomas nachmacht und die Heulsuse bei «Schweden sucht den Superstar«, verzieht sie nicht einmal den Mund. An diesem Morgen verzieht nicht das kleinste Lächeln ihre Lippen.

KAPITEL 13

Was ist mit Laylah los?

»Ich weiß nicht, was in Laylah gefahren ist«, sagt Anders.

Er sitzt mit Estrid und Magnar am Kaffeetisch in der Orangerie. Draußen rackern Alrik und Viggo sich beim Umgraben der Blumenbeete ab. Der Schultag ist ruhig verlaufen, ohne Streit mit Simon. Viggo hebt den Kopf und lächelt breit, als er Anders entdeckt, der mit einem Lächeln antwortet und den Daumen nach oben streckt. Viggo wischt sich mit einer übertriebenen Geste den Schweiß von der Stirn. Dann beugt er sich vor, nimmt einen Erdklumpen aus dem Beet und bewirft seinen Bruder damit. Alrik brüllt los und wirft zurück. Viggo schaut wieder zu Anders und streckt ebenfalls den Daumen in die Luft.

»Was ist denn mit Laylah?«, fragt Estrid und schenkt Anders Kaffee ein.

»Ich weiß es nicht. Ich erkenne sie gar nicht wieder. Sie ist wie ausgewechselt!«

»Wie meinst du das?«, fragt Magnar, der etwas abseits steht und Zitronenbäume in Sackleinen verpackt und Blumenzwiebeln, die keinen Frost vertragen, in große Kisten legt.

Anders beugt sich vor und fährt sich ein paar Mal besorgt mit der Hand über den rasierten Kopf, ehe er antwortet.

»Sie meint, dass wir die zwei Jungen nicht länger bei uns behalten können«, sagt er mit einem Zittern in der Stimme. »Ich verstehe das nicht. Was hat sie denn plötzlich?«

»Was genau hat sie gesagt?«, hakt Estrid nach.

»Na ja … Dass die Jungen weg müssen. Weil wir nicht mit ihnen fertig werden. Dass sie uns einen Haufen Kummer machen mit der Prügelei und den zerbrochenen Scheiben … Und dass sie im Jugendamt anrufen will, damit die eine neue Pflegefamilie für die beiden suchen. Das wäre dann die dritte für sie. Ich habe ihr gesagt, dass ich das nicht unterstütze. Sie haben schon genug Schweres durchgemacht in ihrem Leben. Wir haben uns richtig in die Haare gekriegt, nachdem die Jungs heute Morgen in die Schule aufgebrochen sind. Ich kann mich nicht erinnern, wann wir uns das letzte Mal so gestritten haben. Was ist bloß in sie gefahren?« Anders springt so rasch von seinem Stuhl auf, dass er gegen den Tisch stößt. Die Tassen klirren und der Kaffee schwappt über. Er läuft rastlos auf und ab, die Hände tief in den Taschen seines blauen Arbeitsoveralls vergraben.

»Und dann kam auch noch ein Anruf aus der Schule«, fährt er fort. »Ihr Lehrer meinte, sie hätten ihre Hausaufgaben nicht gemacht und obendrein gelogen. Sie haben beide behauptet, dass sie die fertigen Hausaufgaben in den Rucksack gesteckt hätten – dass sie jetzt aber verschwunden wären. Und ich hab sie gestern die Hausaufgaben machen sehen. Oder hab ich das nur geträumt? Ich begreif das nicht.«

Anders bleibt stehen und sieht Magnar dabei zu, wie er die Pflanzen winterfest macht. »Sie waren doch gestern bei euch, Magnar. Wie haben sie sich denn da aufgeführt?«

»Tadellos. Stimmt's, Estrid?«

»Ja, sie haben sich völlig normal benommen«, bestätigt Estrid. »Die beiden Jungs sind … schwer in Ordnung.«

Magnar sieht sie verdutzt an. Solche lobenden Worte aus dem Mund seiner Schwester sind selten.

Anders dreht sich um und sieht Estrid dankbar an. »Ja, das sind sie! Nette, gutherzige Burschen. Sie haben halt Pech im Leben gehabt, aber dafür können sie ja nichts. Ich muss heute Abend unbedingt mit Laylah reden, versuchen, sie wieder zur Vernunft zu bringen.«

Anders bedankt sich für den Kaffee und macht sich auf den Weg. Estrid und Magnar gehen zurück an ihre Arbeit und lassen Alrik und Viggo draußen weitergraben. Nach einer Weile ruft Magnar sie in die Orangerie und fragt sie, ob sie Lust auf eine kleine Stärkung haben.

»Ich weiß ja nicht, was Laylah sagt, wenn wir vor dem Abendessen was Süßes essen? Wahrscheinlich ist sie dann noch saurer, als sie es heute Morgen schon war«, sagt Viggo zu Alrik.

»Wieso, was hat Laylah denn?«, fragt Estrid.

»Sie ist irgendwie ganz komisch«, sagt Alrik und zuckt mit den Schultern. »Schweigsam. Total verkrampft. Als ob sie sich über irgendetwas geärgert hätte. Ich weiß auch nicht.«

»Das hört sich ja ganz untypisch an«, sagt Magnar. »Wenn jemand immer fröhlich und gut gelaunt ist, dann

Laylah. Irgendwas muss mit ihr passiert sein. Verstehst du das, Estrid?«

»Ja, ich denke schon. Wir haben heute Nacht überall nach der Hohnstange gesucht – nur nicht in eurem Garten!«

»Aber Viggo und ich haben nirgendwo eine Hohnstange gesehen, als wir heute Morgen zur Schule gegangen sind.«

»Schaut nochmal nach«, sagt Estrid. »Gründlich. Und gebt uns sofort Bescheid, wenn ihr sie findet. Und jetzt beeilt euch, dass ihr vor Laylah zu Hause seid. Sobald sie sich im Bannbereich der Hohnstange befindet, wird es immer schlimmer.«

»Was wird schlimmer?«, fragt Viggo.

»Die Hohnstange raubt den Menschen ihren eigenen Willen. Ihr habt ja selber erlebt, dass Laylah nicht mehr sie selbst ist. Ich befürchte, dass die Hohnstange versucht, ihr einzureden, dass ihr aus dem Haus verschwinden müsst. Aus Mariefred. Laylah wirkt gereizt und ungehalten. Aber sie kann richtig gefährlich werden. Sehr gefährlich!«

KAPITEL 14

Schlag dem kleinen Scheißer den Schädel ein!

Viggo und Alrik stürzen atemlos in Laylahs und Anders' Garten. Er ist von einem hohen Bretterzaun umgeben, der vor Einblick von außen schützt. In der Mitte wächst ein alter, knorriger Birnbaum.

»Nichts«, sagt Viggo, nachdem sie hin und her gerannt sind und überall gesucht haben. »Hier ist keine Hohnstange.«

»Was bedeutet, dass Laylah uns in Wirklichkeit nicht haben will«, sagt Alrik niedergeschlagen. »Das ist meine Schuld. Hätte ich die Gewächshausscheiben nicht zerdeppert …«

»Pssst! Hör doch mal!« Viggo hebt die Hand, um Alrik zu signalisieren, dass er leise sein soll. »Was ist das für ein Geräusch?«

Alrik lauscht. Da sind eine Menge Geräusche. In einem Baum krächzt eine einsame Krähe. Auf der Munkhagsgatan fährt ein Auto vorbei. Und dann ist da so ein Surren wie von Fliegen. Extrem lautes Surren von sehr vielen Fliegen.

Viggo und Alrik schauen sich um, woher das Geräusch wohl kommen mag.

Da drüben! Aus dem großen Busch in der Ecke neben dem Komposthaufen. Von dort kommt das laute Summen.

Viggo und Alrik gehen näher ran. Das Surren wird intensiver. Sie biegen die Zweige zur Seite.

Mitten im Busch steht eine Stange. Eben jene Stange, die Alrik als Waffe gegen das Finsterwesen in der Bibliothek benutzt hat.

Und auf dem oberen Ende der Stange steckt ein abgeschnittener Pferdekopf. Ein echter Kopf von einem richtigen Pferd.

Die Brüder weichen geschockt zurück. Viggo schlägt die Hand vor den Mund und würgt, wie nach einem Schlag auf den Magen. Alriks Knie werden weich. Es stinkt nach gammeligem Fleisch. In den Augenhöhlen des Pferdekopfes krabbeln Fliegen herum. Das Maul ist mit Klebeband zugeklebt und ein Ohr fehlt.

»Das muss weg hier!«, sagt Viggo. »Wir müssen die Stange aus der Erde ziehen.«

Sie packen die Stange und ziehen daran, so fest sie können, aber das Ding rührt sich keinen Millimeter. Jetzt krabbeln die Fliegen ihnen übers Gesicht und durchs Haar.

Sie umfassen die Stange fester, ziehen noch kräftiger daran, wischen ihre schweißnassen Hände an ihren Kleidern ab. Sie stemmen sich vom Boden ab, mobilisieren alle Kräfte, aber die Hohnstange gibt nicht nach. Als wäre sie aus Stahl und bis zum Mittelpunkt der Erde eingegraben.

Viggo stemmt die Schulter gegen die Stange und versucht sie wegzuschieben.

»Gib's auf«, sagt Alrik. »Die kriegen wir nicht los. Lass uns zu Estrid und Magnar gehen, vielleicht wissen sie ja, wie …«

Aber Viggo lässt nicht nach. Er zerrt und drückt an der Stange, bis sein Gesicht ganz rot ist.

Immer das Gleiche, sagt der Pferdekopf zu Alrik. *Viggo hört nie zu.*

Alrik schaut zu dem Pferdekopf hoch. Der rührt sich nicht. Aber in seinem Kopf hört er ganz deutlich die Stimme. Klarer als den klarsten Gedanken.

Ja, denkt er. Genauso ist es. Er hört nie zu.

Viggo hört nicht zu, sagt der Pferdekopf. *Du hast den Streit nicht angefangen. Das war er.*

Ja. Er hat angefangen.

Er ist schuld, dass du die Scheiben der Orangerie mit Steinen eingeworfen hast. Er ist schuld, wenn ihr schon wieder umziehen müsst. Seine Schuld. Du kommst besser OHNE IHN klar.

Seine Schuld.

Ohne ihn.

Alrik schubst Viggo so heftig an, dass er aus dem Busch taumelt.

»Was soll das?«, ruft Viggo. Als er aufstehen will, schubst Alrik ihn noch einmal um.

Auf dem Boden neben Alriks Füßen liegt ein Stein. Alrik starrt ihn an. Der Stein ist nicht sehr groß, er könnte ihn mit einer Hand aufheben. Aber er ist groß genug, um …

… DEM KLEINEN SCHEISSKERL DEN SCHÄDEL EINZUSCHLAGEN!, brüllt die Stimme des Pferdes in Alriks Kopf.

»Nein!«, schreit Alrik.

Du tust, was ich dir befehle! DIENE MIR!

»Nein! NEIN!«

Alrik presst die Hände auf die Ohren. Und dann rennt er los, durch den Garten, zum Gartentor hinaus auf die Straße. Dort bleibt er stehen. Sein Herz hämmert. Viggo rappelt sich auf und läuft hinter ihm her.

»Was ist denn mit dir los?«, fragt er.

Alrik fährt herum. Die Macht des Pferdes über ihn ist gebrochen und er denkt wieder seine eigenen Gedanken.

»Du bist mein Bruder!«, ruft er. »Du hast mir das Leben gerettet in der Bibliothek.«

»Kann schon sein«, sagt Viggo, »aber das ist doch kein Grund, so zu schreien.«

»Nein. Aber diese Hohnstange ist wirklich gefährlich. Wir müssen Estrid und Magnar so schnell wie möglich Bescheid sagen, dass wir sie gefunden haben. Komm, machen wir uns auf den Weg.«

Aber dazu kommen sie nicht mehr, weil auf der

Munkshagsgatan Simon und einer seiner Kumpel angelaufen kommen. Als Simon sie entdeckt, breitet sich ein fieses Grinsen auf seinem Gesicht aus.

Als Alrik und Viggo sich umdrehen, kommen noch zwei weitere Freunde aus Simons Clique aus der anderen Richtung auf sie zu. Sie sind eingekreist.

KAPITEL 15

Du musst sie aufhalten!

Simon und seine Freunde schlendern in aller Seelenruhe auf Alrik und Viggo zu. Einer der Jungen geht in Alriks Parallelklasse. Er heißt Anton und hält einen Baseball-Schläger in der Hand, aber keinen Ball.

»Jetzt«, sagt Simon, »mach ich euch beide platt.«

»In Ordnung«, sagt Viggo entspannt. »Ich glaube an ein Leben nach dem Leben. Ich glaube sogar an ein Leben VOR diesem Leben. Ich glaube, dass wir alle, bevor wir geboren wurden, aus dem Brunnen der Weisheit und des Wissens getrunken haben. Aber während wir alle daraus getrunken haben, hast du, Simon, nur mit dem Wasser gegurgelt. Warum?«

Jonte, der Dicke aus der Truppe, lacht. Aber dann verstummt er ganz schnell wieder.

Simon ist aus dem Konzept gebracht. Sein Gesicht verzieht sich zu einer nachdenklichen Grimasse. Was will Viggo ihm damit sagen?

Dieser kleine Moment Zeit ist genau das, was Viggo braucht. Er wirft sich auf den Boden und rollt unter der Lücke des Zauns hindurch auf das Grundstück des Nachbarn.

Im selben Augenblick, als Viggo unter dem Zaun verschwindet, geht Simon auf, dass das, was Viggo gesagt hat, eine Beleidigung war.

»Schnappt ihn euch!«, ruft er, dreht sich zu dem Jungen mit dem Baseball-Schläger um und zeigt auf Alrik.

»Du passt auf ihn auf, damit er uns nicht folgt. Heute ist der Kleine dran.«

Alle Jungen außer Anton robben unter der Lücke unter der Gartentür durch.

Anton stellt sich wie ein Torwart davor und bewacht den einzigen Zugang zum Garten. Alrik schaut zu dem Bretterzaun. Das ist zu hoch. Wenn er versucht, über den Zaun zu klettern, schlägt Anton ihn zu Brei. Das ist also schon mal keine gute Idee. Dann schon lieber ein Kampf auf ebener Erde, Auge um Auge, Zahn um Zahn.

Gerade, als Alrik sich auf Anton stürzen will, hört er über sich einen Pfiff.

Er hebt den Kopf und sieht Viggo auf dem Hausdach.

»Nimm die Beine unter den Arm«, ruft er Alrik zu. »Das tu ich jetzt nämlich!«

In dem Augenblick wird Simons Kopf im Spalt unter der Gartentür sichtbar.

»Schnapp ihn dir!«, brüllt er.

Anton mit seinem Schläger schaut Viggo hinterher, der über das Dach des Carports rennt und weiter über den Bretterzaun.

»Nicht den! IHN!«

Simon zeigt auf Alrik, der die Beine unter den Arm genommen hat, wie Viggo ihm geraten hat. Am Ende der Munkshagsgatan hat er ordentlich Tempo aufgenommen und betet im Stillen, dass an der Kreuzung nicht gerade ein Auto kommt. Für Stehenbleiben und ordentlich nach links und rechts schauen ist nämlich keine Zeit mit vier Verfolgern auf den Fersen.

Zwei von ihnen sind richtig schnell. Alrik biegt rechts in die Källargränd ein, die auf die Klostergasse stößt.

Er rennt so schnell, dass er Seitenstiche bekommt. Als er am Haupteingang des alten Gasthauses vorbei läuft, sieht er Magnar, der vor seinem Haus Büsche beschneidet. Er hebt die Hand, um Alrik zu grüßen. Als Simon und sein Anhang Magnar sehen, werden sie langsamer. Alrik bleibt keuchend vor Magnar stehen.

Vom Marktplatz kommt Viggo über das Kopfsteinpflaster der Kyrkogatan gejoggt. Er grinst Simon an und winkt.

»Der Brunnen der Weisheit, Simon«, ruft er, legt den Kopf in den Nacken und gurgelt laut. Übertrieben laut. Alrik lacht und fängt auch an zu gurgeln. Simon sieht aus, als wollte er jede Sekunde explodieren. Er tritt gegen eine Straßenlaterne. Dann machen er und seine Jungs kehrt und laufen Richtung Gästehafen davon.

»Die sicherste Selbstverteidigung ist eine gute Zeit auf hundert Meter«, keucht Alrik.

»Ich weiß«, sagt Viggo grinsend.

Estrid wartet unten in der Bibliothek auf sie.

»Na«, sagt sie. »Dann lasst mal hören.«

Viggo und Alrik erzählen Estrid und Magnar alles, was sie erlebt haben. Dass die Hohnstange tatsächlich in ihrem Garten steht. Und dass sie keinen Millimeter zu bewegen ist.

Aber Alrik verschweigt, dass das Pferd in seinem Kopf mit ihm gesprochen hat. Er hat ein fürchterlich schlechtes Gewissen, dass die Hohnstange ihn um ein Haar dazu gebracht hätte, seinen kleinen Bruder zu verletzen.

Magnar geht zu einem der Regale und zieht ein Buch heraus. Er legt es auf den großen Steintisch und schlägt es auf.

»Hier haben wir es«, sagt er und tippt auf eine Buchseite. »Die Hohnstange, auch Nidstange genannt, wird erstmals in der alten Isländersaga über Egil Skallagrimsson erwähnt. Sie bringt *Nid* über die Menschen.«

»Was bedeutet *Nid*?« fragt Viggo und beugt sich über das Buch.

»Das ist so etwas wie eine Verhöhnung, ein Fluch«, antwortet Estrid. »Irgendjemand will euch unbedingt aus Mariefred vertreiben.«

»Aber wer?«, fragt Alrik.

Estrid zuckt mit den Schultern.

»Wie auch immer, wir müssen die Hohnstange so schnell wie möglich aus eurem Garten entfernen.«

»Aber wie? Sie steckt bombenfest.«

»Wir müssen uns in einem Ring um die Stange stellen und einen speziellen Vers zusammen sprechen, der den Fluch aufhebt, ein Gegenfluch, sozusagen:

Wir brechen den schwarzen Pakt des Fluchs
Wir brechen den Fuß des Stabes
Wir rufen an der alten Götter Macht
Um die Stange samt Wurzel auszureißen.
Wir schicken den Fluch zurück,
Urd, Verdandi, Skuld.«

»Diesen Vers müssen wir auswendig lernen, weil keine Bücher aus der Bibliothek mit nach draußen genommen werden dürfen«, sagt Magnar.

»Schreib den Gegenfluch doch einfach auf einen Zettel, den wir mit in den Garten nehmen können«, rät Estrid trocken.

Dann begleiten sie uns also zurück nach Hause, denkt Alrik erleichtert.

Als sie aus dem Vorratskeller in die Wohnung kommen, sehen sie durch das Küchenfenster Simon und seine Freunde auf der Straße herumlungern.

»Die Rotzlöffel können wir jetzt gar nicht gebrauchen. Folgt mir!«, sagt Estrid.

Mit energischen Schritten geht sie zurück in den Vorratskeller und den unterirdischen Gang, durch den sie gerade gekommen sind. Sie gehen noch an der Bibliothek vorbei bis zu einer anderen Tür. Estrid schließt das Vorhängeschloss auf und schiebt mit Mühe den schweren Riegel auf. Die Tür quietscht, und muffige, abgestandene Luft strömt ihnen entgegen. Estrid geht voran und leuchtet ihnen mit der Taschenlampe. Die anderen folgen ihr in kurzem Abstand.

»Wir befinden uns jetzt unter dem Hügel, auf dem die Kirche steht, genau über uns«, flüstert Magnar. »Wir kommen auf der anderen Seite des Hügels heraus.«

Der Gang schlängelt sich nach rechts und links. Zwischendurch ist er so niedrig, dass Magnar tief gebückt gehen muss. In der Dunkelheit schiebt Viggo seine Hand in Magnars große Pranke.

»Magnar …«, sagt Viggo.

»Mmh.«

»Die letzte Zeile des Gegenfluches: Urd, Verdandi und das dritte Wort, was bedeutet das?«

»… und Skuld. Das sind die Namen von drei Schicksalsgöttinnen, die …«

»Schhhhh!« Estrid schließt mit einem ihrer vielen Schlüssel eine kleine Tür auf. »Wir sind am Ziel. Drückt die Daumen, dass wir ungesehen an den Rotzgören vorbeikommen.«

Die Tür, durch die sie in die Herbstsonne und die frische Luft treten, sieht wie die ganz normale Tür eines Vorratskellers aus. Alrik atmet tief ein.

Sie laufen zu Anders' und Laylahs Haus und in den Garten. Estrid, Alrik und Viggo stellen sich im Kreis um den Busch und fassen sich an den Händen. Die Fliegen schwirren in einer dichten Wolke um ihre Köpfe. Der verweste Pferdekopf stinkt bestialisch. Magnar zieht den Zettel aus seiner Tasche.

»Seid ihr bereit?«, fragt er.

Laylah steht im Behandlungszimmer ihrer Zahnarztpraxis und beugt sich über einen Patienten. Schläuche und Baumwolltupfer hängen aus seinem Mund. Sie hat ihm eine Betäubungsspritze gegeben und will gerade mit dem Bohren anfangen, als ein Blitz in ihren Kopf einschlägt. Eine Stimme beginnt zu sprechen. Nein, sie spricht nicht, sie schreit! Sie schreit und verlangt, dass Laylah ihre Befehle ausführt.

Geh nach Hause. Du musst sie aufhalten. JETZT!, dröhnt die Stimme des Pferdes in Laylahs Kopf.

Sie richtet sich so abrupt auf, dass sie mit dem Hinterkopf gegen die Leuchte stößt.

»Ich muss nach Hause«, murmelt sie und geht rückwärts aus dem Behandlungszimmer. Der Hocker, auf dem sie gesessen hat, kippt krachend zu Boden.

»*Bie bippe?*«, fragt der Patient.

Aber das hört Laylah schon nicht mehr. Sie läuft raus auf die Straße. Als sie die Munkhagsgatan hinunter rennt, reißt sie sich die Latexhandschuhe und den Mundschutz ab. Ihr Haargummi verschwindet gleich mit und der Zopf löst sich auf. Die schwarze Mähne wippt auf ihrem Rücken auf und ab. Die Leute drehen sich verwundert nach ihr um.

Sie reißt die Gartentür auf und entdeckt im hinteren Winkel des Gartens Magnar, Estrid, Alrik und Viggo, die um den Busch herum stehen und etwas vor sich hinmurmeln.

Du musst sie aufhalten! DIENE MIR!, brüllt der Pferdekopf in Laylahs Schädel.

KAPITEL 16

Raus aus meinem Garten!

Es ist Laylah, die in den Garten gestürmt kommt und die Tür hinter sich zuknallt. Und auch wieder nicht.

Ihr Haar sieht so anders aus, es steht wie elektrisch geladen von ihrem Kopf ab. Wogt auf und ab wie unter Wasser. Als wäre das Haar lebendig. Ihr Blick brennt. Sie nähert sich Estrid, Magnar, Viggo und Alrik. Die Stimme ist nicht Laylahs Stimme, sie ist wie Donnergrollen.

»Raus!«, donnert sie. »Raus aus meinem Garten!«

Estrids Griff um Alriks Hand verhärtet sich.

»Sprecht weiter!«, sagt sie. »Wir müssen schneller sprechen.«

Magnar spricht ihnen von dem Zettel vor: »Wir brechen den schwarzen Pakt des Fluchs …«

»Wir brechen den schwarzen Pakt des Fluchs«, sprechen Estrid, Viggo und Alrik ihm nach.

Alrik hört das Pferd auf Laylah einreden. Er kann nicht alles verstehen, aber einzelne Worte.

Sie wollen dich vernichten … Du musst dein Heim schützen … Diene mir … Nimm den Spaten. TÖTE SIE ALLE!

»Wir brechen den Fuß des Stabes«, liest Magnar.

»Achtung!«, ruft Alrik. »Sie will den Spaten nehmen und uns alle töten!«

Im selben Augenblick greift Laylah sich den Spaten, der an der Schuppenwand steht. Mit wenigen Schritten ist sie bei ihnen und schlägt Magnar auf den Hinterkopf. Magnar sackt zusammen.

Viggo, Alrik und Estrid lassen sich los.

Laylah nimmt den Zettel aus Magnars Hand, knüllt ihn zusammen und … schluckt ihn runter. Dann lacht sie mit unmenschlicher Stimme. Alrik und Viggo starren sie entsetzt an.

Mit einem Schrei stürzt sich Estrid auf Laylah. Sie kämpfen um den Spaten.

»Sprecht weiter!«, ruft Estrid. »Sprecht den Gegenfluch zu Ende! Beeilt euch!«

Alrik wird blass. Magnar ist ohnmächtig. Laylah hat den Zettel verschluckt. Wie sollen sie den Wortlaut so zusammenkriegen? Außerdem müssen er und Viggo halb in den Busch kriechen, um sich um die Hohnstange herum an den Händen fassen zu können.

Und er hat schreckliche Angst vor der Hohnstange. Todesangst.

Zweige kratzen ihnen durchs Gesicht. Magnar liegt leblos auf dem Rasen. Estrid und Laylah kämpfen noch immer miteinander.

Viggo und Alrik schieben die Arme zwischen die Zweige und fassen sich an den Händen. Sie blinzeln, um die Fliegen von ihren Augen zu verscheuchen.

Alrik muss sich fast übergeben von dem Gestank und von der Angst, die in seinem Magen rumort.

Und dann beginnen sie ihren Vers zu sprechen. Alrik schließt die Augen und versucht, sich an die Worte zu erinnern. Nach und nach kommen sie zu ihm.

»Wir brechen den schwarzen Pakt des Fluchs, wir brechen den Fuß des Stabes ...«

Estrid hat eine Harke zu fassen bekommen. Sie und

Laylah stehen sich jetzt gegenüber. Aus dem Augenwinkel sieht Alrik, wie Estrid Laylahs Schlag mit dem Spaten pariert und mit dem Harkenstiel zustößt.

»*Wir rufen an …*«, macht Alrik weiter.

»*… der alten Götter Macht …*«, ruft Viggo.

Estrid bewegt sich wie im Tanz. Die Harke gleitet durch ihre Finger, dann verhärtet sich ihr Griff, sie stößt zu, schlägt zu, wehrt Laylahs Schläge ab. Sie dreht sich um die eigene Achse, duckt sich.

»*… um die Stange samt Wurzel auszureißen …*«

Die Jungs verlieren den Faden. Wie lauteten noch gleich die letzten Zeilen?

Laylah ist jünger und stärker als Estrid. Und voll rasender Wut, angestachelt von der Hohnstange. Sie schlägt mit übermenschlicher Kraft zu. Es kracht und scheppert, wenn Harke und Spaten sich kreuzen.

Estrid weicht aus, als Laylah sie das nächste Mal angreift und schafft es irgendwie, die Harke vor Laylahs Beine zu schieben. Laylah kippt wie ein gefällter Baum zu Boden und hat im nächsten Augenblick Estrid über sich, die mit beiden Händen den Harkenstiel umklammert und damit Laylah auf die Erde drückt.

»Hilfe!«, ruft Laylah plötzlich mit ihrer eigenen Stimme.

Sie klingt, als hätte sie wirklich Angst.

»Hilf mir, Alrik«, fleht sie.

Da ertönt die Stimme des Pferdes in Alriks Kopf.

Hilf ihr. Hilf ihr, dann darfst du hier bleiben. Wer sind schon Estrid und Magnar?

»Wir schicken den Fluch zurück«, ruft Viggo. »Urd …«

Estrid und Magnar haben DICH BELOGEN! In ihrer Bibliothek ist alles schief gelaufen. RETTE DEINE PFLEGEMUTTER!

»Rette mich«, weint Laylah. »Ich ersticke.«

Nein!, denkt Alrik. Nein!

Und sagt laut: »… Verdandi!«

Laylah reißt einen Arm los und hackt nach Estrids Augen. Dann wälzt sie Estrid mit einer letzten Kraftanstrengung zur Seite. Sie stürzt in den Busch. Alrik fühlt, wie ihre Hand in sein Haar greift, als wollte sie es ausreißen. Seine Hand rutscht aus Viggos Griff. Viggo sieht ihn mit schreckgeweiteten Augen an und schüttelt den Kopf. Er kann sich einfach nicht an das letzte Wort erinnern.

Die Stimme des Pferdes dröhnt in Alriks Schädel:

SCHWEIG STILL, DU NUTZLOSER, DRECKIGER KERL!

Aber Alrik kneift die Augen zu und flüchtet sich in sein

Gedächtnis. Zurück in die Bibliothek. Er sieht den Zettel vor sich, auf den Magnar den Vers geschrieben hat. Und da fällt ihm das letzte Wort wieder ein und er brüllt aus voller Kehle:

»SKULD!«

Die Hohnstange schießt zwischen den Zweigen nach oben. Der Pferdekopf löst sich von der Stange und fällt zu Boden. Laylah bricht ohnmächtig zusammen.

KAPITEL 17

Nur ein toter Dachs

Laylah schlägt die Augen auf. Sie schnappt nach Luft und stemmt sich hoch.

»Ohhh«, stöhnt sie und presst die Hände an den Kopf. »Was ist denn hier passiert?«

Ihre Haare haben sich wieder gelegt und sehen aus wie gewohnt. Na ja, soweit man von gewohnt sprechen kann, normalerweise stecken nicht hundert Blätter darin.

»Du bist ohnmächtig geworden«, sagt Estrid. »Die Jungs haben dich bewusstlos im Garten gefunden und uns sofort geholt.«

»Ist das wahr? Sowas aber auch, da werde ich einfach ohnmächtig. Es fühlt sich an, als hätte ich mir den Kopf angeschlagen… Ich habe heute weder gefrühstückt noch was zu Mittag gegessen. Bei der Arbeit ist mir plötzlich schlecht geworden, aber ich erinnere mich nicht mehr, was dann war… Wie bin ich überhaupt nach Hause gekommen? Alrik, bist du so lieb und holst mir eine Kopfschmerztablette aus der Kommode im Flur?«

Alrik zögert eine Sekunde, ehe er beschließt, ihrer Aufforderung nachzukommen. Laylah streckt Viggo eine Hand entgegen, der seinem Bruder hinterher schaut, ehe er ihr auf die Beine hilft. Sie stützt sich am Birnbaum ab. Viggo holt ihr einen Gartenstuhl. Alrik kommt mit den Kopfschmerztabletten und einem Glas Wasser zum Runterspülen zurück. Laylah lächelt ihn dankbar an.

Da entdeckt sie ein Stück entfernt Magnar. Eine Hand hat er an seinen Hinterkopf gepresst, in der anderen hält er einen schwarzen, von Fliegen umschwärmten Müllsack.

»Was ist mit dir passiert, Magnar? Geht's dir nicht gut? Und was hast du da in dem Müllsack?«

Magnar macht einen Schritt nach vorn und hält den Müllsack hinter den Rücken. »Ich weiß auch nicht, habe heute schon den ganzen Tag Kopfschmerzen. Und in dem Müllsack ist ein toter Dachs, überfahren, der Arme.

Ich wollte die Jungs fragen, ob sie mir helfen wollen, ihn zu begraben.«

In dem Moment kommt Anders zum Gartentor herein. Sein erster Blick fällt auf Laylah. »Meine Güte, Laylah, was ist denn mit dir passiert? Du bist ja leichenblass«, sagt er besorgt.

»Ich bin offensichtlich ohnmächtig geworden. Mir war schon den ganzen Tag nicht ganz gut. Bestimmt habe ich zu wenig gegessen. Aber Alrik und Viggo haben sich rührend um mich gekümmert. Was haben wir doch für ein Glück mit unseren beiden Jungs, Anders. Ein bisschen schwummerig ist mir immer noch, ich erinnere mich nicht mal mehr, was ich heute gemacht habe.«

»Ich habe neulich meine Brille im Kühlschrank wiedergefunden«, sagte Magnar. »Es gibt Tage, da steht man irgendwie neben sich.«

Laylah lacht und zieht Alrik und Viggo links und rechts von ihrem Gartenstuhl an sich.

Anders zieht ein Taschentuch aus der Tasche und schnäuzt sich. Er sieht erleichtert und froh aus.

»Ja«, sagt er mit Nachdruck, »das sind die tollsten Jungs auf der Welt.«

KAPITEL 18

Bist du eine Hexe?

Nach dem Abendessen gehen Alrik und Viggo zu Estrid und Magnar. Magnar serviert seine selbst gebackenen Apfelkrapfen in dem kleinen Garten hinter dem Haus. Es ist schon etwas kühl, aber Magnar verteilt Wolldecken und schenkt ihnen heißen Holundersaft ein, während Estrid in einem Feuerkorb ein Feuer anzündet. Magnar macht sich daran, ein tiefes Loch im Blumenbeet zu graben, in dem der Pferdekopf begraben werden soll, den er in dem schwarzen Müllsack mit nach Hause geschleppt hat.

Die Abendzeitung liegt aufgeschlagen auf dem Gartentisch. Auf der Titelseite ist das Foto eines verzweifelten Pferdebesitzers zu sehen. »Wahnsinnstat« lautet die Schlagzeile. In dem Artikel ist zu lesen, dass ein offensichtlich Wahnsinniger ein Pferd auf seiner Koppel getötet, ihm den Kopf abgeschnitten und dann mitgenommen hat.

Niemand wird je erfahren, was mit dem Pferdekopf geschehen ist. Aber Magnar hat entschieden, das Pferd oder vielmehr den Pferdekopf in ihrem Garten beizusetzen. Auf dem Grab will er eine Rose pflanzen, die im Sommer blühen wird.

»Das arme Pferd«, sagt Viggo.

Estrid nickt und faltet die Zeitung zusammen.

»Und was machen wir, wenn Laylah nochmal durchdreht?«, fragt Alrik.

»Das wird nicht passieren, versprochen«, sagt Estrid. »Die Hohnstange steht wieder sicher verwahrt in der Bibliothek. Und ich werde als zusätzlichen Schutz einen alten Hexenkittel in eurem Garten vergraben.«

»Bist du eine Hexe?«, fragt Viggo.

»Nein. Hexe ist man aus Blut und Bildung, wie es so schön heißt.«

»Was bedeutet das?«, will Viggo wissen. »Dürfen wir anfangen?«

Das Letzte sagt er mit einem Nicken zu den Apfelkrapfen.

»Ja, fangt ruhig an«, sagt Estrid. »Magnar, komm, setz dich zu uns. Das heißt, dass man mit der Begabung zur Hexe geboren wird. Schon als Kind haben sie etwas Magisches in sich. Aber um eine richtige Hexe zu werden, muss man eine Ausbildung durchlaufen. Aber dazu gibt es kaum noch die Möglichkeiten. Und das ist auch gut so! Aber das soll nicht heißen, dass alle Hexen böse sind.«

»Kann das eine Hexe gewesen sein, die die Hohnstange in unserem Garten errichtet hat?«, fragt Viggo.

»Laylahs und Anders' Garten«, berichtigt Alrik seinen kleinen Bruder.

»Das hab ich mich auch schon gefragt …«, meint Estrid nachdenklich. »Aber jetzt lassen wir es uns erst mal schmecken! Die Probleme werden nicht kleiner, wenn man Magnars Apfelkrapfen kalt werden lässt.«

»Wer zuerst den Zucker von den Lippen schleckt, hat verloren«, sagt Viggo.

Viggo und Alrik beißen gleichzeitig in ihren Apfelkrapfen. Sie lassen sich nicht aus den Augen und müssen an letztes Jahr denken.

Letztes Jahr haben sie zusammen mit ihrer Mutter

im Stockholmer Vergnügungspark Krapfen mit Zimt und Zucker gegessen und gewettet, wer sich als Erster den Zucker von den Lippen schleckt. Keiner von beiden konnte sich lange beherrschen. Lustig, dass es so schwer ist, sich nicht über die Lippen zu lecken, wenn man Zuckerkrapfen isst. An diesem Tag ging es ihrer Mutter richtig gut.

Alrik kaut und schaut zur Kirche, die vor dem dunkelblauen Himmel aufragt. Estrids und Magnars Garten liegt halb auf dem Kirchhügel. Auf der anderen Seite schaut man über die Hausdächer des Ortes. Die Häuser unten am Seeufer stehen so dicht, dass man leicht von einem Dach zum nächsten springen kann.

»Magnar hat gesagt …« Viggo spricht mit steifen Lippen, ein paar Zuckerkrümel rieseln auf den Tisch, »… dass ihr schon auf uns gewartet habt. Was meint er damit?«

»Ich habe in meinen Karten gesehen, dass ihr kommt.«

»In den Karten, die unten in der Bibliothek liegen?«

»Ja, die Orakelkarten. Sie haben mir gezeigt, dass zwei Brüder kommen werden, deren Zeichen der Rabe ist …«

Viggo legt seine Hand an die Halskette mit dem Rabenflügel.

»Die beidhändige Krieger sein sollen«, fährt Estrid fort.

»Ich bin aber kein Krieger«, sagt Alrik.

»Nicht?«, sagt Estrid und schaut in ihr Saftglas. »Woher weiß man, was man eigentlich ist? Die Karten haben auch einen Regenbogen gezeigt. Der Regenbogen steht für Hoffnung.«

»Ich fass es nicht!«, platzt Viggo heraus. »Ist das wahr? Als ihr gestern wegen der zerschmissenen Scheiben bei uns wart, hat es angefangen zu regnen, nachdem Magnar es gesagt hat. Und kaum wart ihr weg, gab es den weltcoolsten Regenbogen. Wir sind extra rausgegangen, um ihn uns anzugucken.«

»Aber wer hat die Hohnstange in unseren … in Anders' und Laylahs Garten, meine ich, gestellt?«, fragt Alrik und spitzt den Mund, dass er aussieht wie ein Hamster. Der Zucker kitzelt an den Lippen.

»Ich weiß es nicht«, sagt Estrid ernst. »Aber diejenigen wissen offenbar von euch und dass ihr hier seid. Und wollen euch um jeden Preis loswerden.«

»Das können sie vergessen«, sagt Viggo und leckt sich vor Aufregung über die Lippen.

Alrik macht eine Siegergeste, dann leckt er sich auch die Lippen ab. Endlich. Er kann gar nicht wieder aufhören.

»Heißt das, wir sind eure Helfer … oder Krieger?«, fragt er. »Ich könnte mir vorstellen, dass das nicht ganz ungefährlich ist?«

»Stimmt«, sagt Estrid. »Es ist sogar richtig gefährlich. Und mir ist durchaus klar, dass ihr noch Kinder seid. Aber nicht ich habe euch für diese Aufgabe ausgewählt. Wenn ihr ausgewählt wurdet … Ich weiß es nicht.« Ihre Stimme klingt angespannt.

»Aber wenn wir euch nicht helfen, siegt die Dunkelheit über das Gute. Ist es so? Was passiert dann mit uns?«

»Ich weiß es nicht«, wiederholt Estrid. »Genauso wenig, wie ich weiß, was dann aus Mariefred wird.«

Viggo steht auf und trinkt seinen Saft aus. »Ich lass mir von keinen finsteren Mächten Angst machen«, sagt er aufmüpfig. »Das ist nicht mein Ding. Denen werd ich's schon zeigen.«

Er rennt über den Rasen und tut so, als hielte er eine lange Waffe in der Hand, mit der er gegen einen Haufen unsichtbarer Feinde kämpft.

»Pong! Blam! Du musst mir beibringen, was du mit der Harke gemacht hast, Estrid. Das war … wow!«

Er kämpft weiter mit seiner unsichtbaren Waffe.

»Er begreift nichts«, sagt Alrik leise.

»Nein«, sagt Estrid mit einem schiefen Lächeln. »Er kennt keine Furcht. Und das kann eine gute Eigenschaft sein. Aber du …« Sie sieht Alrik mit ihren grünen Augen an, die direkt in sein tiefstes Inneres zu schauen scheinen. »Du bist mutig. Das ist etwas ganz anderes. Mut bedeutet, Dinge zu wagen, obwohl man Angst hat.« Sie legt einen Zeigefinger an Alriks Stirn. »Es war schwer für dich in Laylahs Garten, oder?«, fragt sie.

»Ja«, antwortet Alrik.

Was wäre passiert, wenn die Hohnstange Macht über ihn bekommen hätte, wenn er den Stein aufgehoben und damit auf Viggo eingeschlagen hätte? Er mag gar nicht daran denken.

»Aber du hast es geschafft«, sagt Estrid, als könnte sie seine Gedanken hören. »Du hattest die Kraft, dich zu widersetzen.«

Plötzlich steht Viggo schnaufend und mit roten Wangen neben ihnen. »Bring es mir bei! Bring es mir bei! Bring es mir bei!«, drängelt er.

Estrid holt einen Stab, der an der Treppe vor dem Haus lehnt. Er ist so lang wie sie, das Holz ist glatt, man sieht, dass er viel benutzt wird.

»Das hier ist meine Waffe«, sagt sie. »Ich habe sie von

meiner Pflegemutter bekommen. Lauft zum Geräteschuppen und holt euch jeder einen Besenstiel.«

»Wollt ihr euch schlagen?«, fragt Magnar lachend.

»Jaaa!«, ruft Viggo begeistert.

Estrid zeigt ihnen, wie man den Stab halten muss.

»Eine Hand an der Hüfte, die andere streckt man vor sich aus. Die Waffe soll ganz locker in dieser Hand liegen. Dreh deinem Gegner die Seite zu, damit du ihm so wenig Angriffsfläche wie möglich bietest.«

Als nächstes macht sie vor, wie man den Griff wechselt, wie man mit dem Stab angreift und schlägt. Direkt von oben, schräg von oben und von der Seite. Über die Beinstellung und eine Drehung des Oberkörpers kann man den Schlägen noch mehr Kraft verleihen. Schließlich hält sie den Stab über sich und zeigt ihnen, wie man Schläge gegen den Kopf abwehrt.

Viggo fegt mit seinem Besenstiel durch die Luft und bringt alle unsichtbaren Feinde zur Strecke, einen nach dem anderen. Irgendwann klettert er aufs Dach des Gartenhauses und setzt dort seinen Kampf fort.

Alrik steht im Garten und müht sich ab. Er macht einen Ausfallschritt, aber der Stab geht nicht richtig mit. Wenn Estrid es vormacht, sieht es so leicht aus.

»Ich kann das nicht«, sagt er frustriert.

»Natürlich nicht«, sagt Estrid. »Genauso wenig wie Viggo.«

Sie schaut zu Viggo, der johlend über die Hausdächer tobt.

»Aber ich sehe deine Begabung dafür«, sagt sie. »Wobei Begabung nicht automatisch heißt, dass es einem leicht fällt. Ich habe viele Jahre hart gekämpft, viele Tränen vergossen und geackert. Magnar war viel geschickter als ich, als wir Kinder waren. Unsere Pflegemutter hat uns trainiert.«

Sie dreht sich zu Magnar um.

»Stimmt doch, oder, Magnar?«, ruft sie ihm zu. »Du warst doch viel geschickter mit dem Stab als ich, als wir Kinder waren?«

»Aber aus dir ist letztendlich die wirklich gute Kämpferin geworden«, sagt Magnar und trampelt die Erde um die neu angepflanzte Rose fest, die jetzt noch wie ein klägliches Stöckchen aussieht.

»Dafür kennt Magnar sich wie kein anderer in der Bibliothek aus und ist ein Meister der Textdeutung. Das ist seine Begabung«, flüstert Estrid Alrik zu. »Aber das sage ich nicht zu oft, sonst wird er noch eingebildet.«

»Ich weiß nicht«, sagt Alrik leise. »Ich weiß nicht, ob ich das Ganze hier überhaupt will. Du und Magnar, ihr seid wirklich nett und so … aber …«

Er verstummt und schüttelt den Kopf. Woher soll er wissen, was das Richtige ist?

»Ich verstehe dich«, sagt Estrid und umfasst Alriks Hände, um seine Stabhaltung zu korrigieren. »Du weißt, wen du fragen musst?« Estrid sieht Alrik ernst an.

»Nein.«

»Dich selbst.«

Als sie das sagt, durchströmt es Alrik wie ein Stromschlag, eine fließende Kraft aus Estrids Händen. Er wird ganz ruhig.

Er fühlt sich, als könne er fliegen, wenn er es nur wollte. Als wäre er Teil von etwas Größerem. Er ist viel größer als sein Körper. Er ist die ganze Welt. Das Universum. Und zugleich Alrik Delling.

»Du bist eine Hexe«, flüstert er Estrid zu.

Estrid wendet das Gesicht ab und schüttelt den Kopf.

Ein Klingelton holt Alrik zurück in die Wirklichkeit. Drüben beim Blumenbeet nimmt Magnar sein Handy aus der Tasche. Sein Gesicht wird plötzlich ganz ernst.

»Verstehe«, sagt er. »Wir kommen. Wir sind sofort da!«

Er beendet das Gespräch.

»Das war unser Chef, der Schlossverwalter«, sagt er. »Im Hirschgehege ist etwas Merkwürdiges passiert. Wir müssen dorthin.«

KAPITEL 19

Da ist etwas im Wald

Der Schlossverwalter kommt auf einem Quad mit Anhänger angebraust. Er trägt einen Anzug und sein Schlips flattert im Fahrtwind.

»Steigt ein«, sagt er und hört gar nicht zu, als Estrid und Magnar ihm Viggo und Alrik vorstellen wollen. Kaum sitzen sie in dem Anhänger, rast er auch schon los, dass der Kies unter den Reifen aufspritzt.

Hinter einem Erdbuckel am Wasser ist der Zaun, der das ganze Waldstück einfasst, plattgewalzt. Die Öffnung geht ins Wasser hinaus. Zwei Hirsche haben sich im Stahldraht verfangen, einer mit dem Hinterbein, der andere mit dem Geweih. Sie keuchen vor Erschöpfung und haben die Augen panisch aufgerissen. Ihre Zungen hängen aus den Mäulern.

»Ganz ruhig, keine Gefahr«, sagt Magnar und zieht langsam eine Kneifzange aus seiner Overalltasche. Er spricht beruhigend auf die Tiere ein, als er sich ihnen vorsichtig nähert. Sie schnauben und versuchen, sich loszureißen.

»Haltet Abstand«, sagt der Schlossverwalter zu Viggo und Alrik. »Da passiert schneller was, als man gucken kann, wenn sie befreit sind. Möglicherweise gehen sie mit dem Geweih auf euch los oder rennen euch einfach über den Haufen. Da kann man sich schlimm verletzen.«

»Was ist denn eigentlich passiert?«, fragt Estrid.

»Ich weiß es nicht«, sagt der Schlossverwalter. »Aber alle Hirsche, außer diesen beiden, sind verschwunden. In Luft aufgelöst. Über neunzig Tiere. Die Spuren führen ins Wasser. Ihr seht ja selbst, der Boden ist völlig zertrampelt.«

Magnar schneidet den ersten Hirsch aus dem Draht und entfernt sich eilig ein paar Schritte von dem befreiten Tier. Der Hirsch macht einen unsicheren Satz, dann läuft er direkt ins Wasser.

»Nicht dorthin!«, ruft Viggo.

»Was ist mit dem Tier los?«, platzt Estrid heraus. »Das Wasser ist doch eiskalt.«

Der Hirsch scheint sich eines Besseren zu besinnen, macht kehrt und verschwindet mit Riesensätzen im Wald.

Der zweite Hirsch verhält sich genauso. Sobald er befreit ist, rennt er zuerst runter zum Wasser, überlegt es sich anders und läuft zurück den Hang hoch in den Wald.

»Sind die übrigen Hirsche alle rüber ans andere Ufer geschwommen?«, fragt Viggo. »Oder sind sie ertrunken?«

Der Schlossverwalter klammert sich an seinen Schlips. »Wenn ich das nur wüsste«, sagt er. »Danke, dass Sie die beiden befreit haben, Magnar. Ich muss wieder los, den Hof informieren. Springt in den Anhänger, dann fahren wir.«

»Ich würde mich gern noch ein wenig umsehen«, murmelt Magnar mit einem Blick auf Estrid.

»Fahren Sie ruhig los, wir spazieren zurück«, sagt Estrid zum Schlossverwalter.

»Der Hof?«, fragt Viggo neugierig, als der Schlossverwalter weg ist.

»Er muss den König über den Vorfall informieren«,

sagt Estrid. »Gripsholm ist ein königliches Schloss. Und die Orangerie und das Hirschgehege gehören zum Schloss.«

Sie stehen schweigend nebeneinander und lassen die Blicke schweifen.

Es beginnt zu dämmern. Eine Brise weht über das Wasser, kräuselt die Oberfläche, raschelt durch die Blätter. Alrik schaut über den See, der grau und bedrohlich vor ihnen liegt. Er hat Angst vor tiefem Wasser.

»Wo können die Hirsche denn bloß geblieben sein?«, hakt Viggo hartnäckig nach. »Und wer hat den Zaun plattgewalzt? Ein Auto?«

»Ich glaube nicht, dass es ein Auto war«, sagt Magnar, als er sich über den Zaun beugt, um ihn genauer in Augenschein zu nehmen. »Es hängen lauter Haarbüschel im Draht und alle Hufspuren führen in dieselbe Richtung runter zum Wasser. Wenn ihr mich fragt, ist das ganze Rudel panisch auf den Zaun zugerast und hat ihn niedergewalzt.«

»Das heißt, sie hatten Angst vor irgendwas«, sagt Estrid.

Alle vier schauen sie in die Richtung, aus der die Hirsche vermutlich geflohen sind.

»Aber wovor oder vor wem?«, fragt Magnar.

»Vielleicht hat Henry ja was gesehen«, sagt Estrid. »Er wohnt ja nicht weit weg.«

»Genau mein Gedanke«, sagt Magnar. »Bei ihm weiß man nie.«

»Bei wem?«, fragen Viggo und Alrik wie aus einem Mund.

»Fragen kostet nichts«, sagt Estrid und setzt sich mit zielstrebigen Schritten in Bewegung.

Die anderen laufen hinter ihr her.

»Bei wem?«, fragt Viggo noch einmal. »Wer wohnt da drüben?«

Sie pflügen durch die am Boden liegenden Blätter, die raschelnd um ihre Füße aufwirbeln. Wenn Viggo ein bisschen leiser sprechen könnte, denkt Alrik. Er hat das Gefühl, dass im Wald irgendetwas lauert. Er schaut sich beim Gehen in alle Richtungen um. Zwischen den dicken Eichenstämmen kann sonstwas lauern. Am liebsten würde er die anderen bitten, ganz still stehenzubleiben, um eine Weile zu lauschen. Aber mit dem Krakeeler Viggo in der Nähe ist das unmöglich. Der übertönt locker eine ganze Elefantenherde.

»Unser Bruder Henry lebt in einer Hütte im Wald«,

sagt Estrid. »Ihr müsst keine Angst vor ihm haben, er ist nicht so gefährlich, wie er aussieht.«

»Wie meinst du das?«, will Viggo wissen.

»Das wirst du schon sehen«, sagt Estrid.

Sie überqueren den schmalen Kiesweg und gehen tiefer in den Wald hinein.

Viggo umkreist Estrid. »Ich will nicht warten«, protestiert er. »Was ist mit ihm? Erzählt schon!«

»Nerv nicht«, faucht Alrik.

»Bist du meine Mutter?«, ruft Viggo. »Hallo? Hast du über mich zu bestimmen? Bist du mein Rektor? Mein Gott?«

Er läuft noch schneller im Kreis. Alrik vor die Füße und hinter Alrik lang, wo er mit Fußkicken Blätter gegen seinen großen Bruder tritt. Ein paar Blätter bleiben in Alriks Haar hängen. Er nimmt sich vor, Viggo in der nächsten Runde ein Bein zu stellen, aber da ist Viggo schon wieder auf dem Weg woanders hin. Er hat einen großen Stein am Fuß eines Baumes entdeckt. Der Baum steht auf einer Anhöhe, und Viggo spurtet den Hang hinauf.

»Guckt alle her«, ruft er. »Guckt alle her, wenn ich darüber springe. Guckt alle ...«

Er bricht mitten im Satz ab und bleibt wie angewurzelt stehen.

»Alrik!«, ruft er.

Aber Alrik geht mit energischen Schritten weiter. Er hat nicht vor, seinen kleinen Bruder dafür zu bewundern, dass er auf einem blöden Stein rumbalanciert.

»Alrik«, ruft Viggo noch einmal.

Jetzt bleibt Alrik doch stehen. Estrid und Magnar ebenfalls. Das liegt an dem Unterton in Viggos Stimme. Er klingt so klein. Wie früher, wenn Mama die Tür abgeschlossen hatte und Viggo weinend im Treppenhaus stand.

Viggo steht da und starrt auf etwas auf dem Boden neben dem großen Stein.

Vor seinen Füßen liegt ein Hirsch. Oder das, was von ihm übrig ist. Er ist zerrissen und halb gefressen.

»Der Arme«, platzt Viggo heraus, als sein großer Bruder ihn in den Arm nimmt.

Magnar bückt sich und untersucht die Erde um das Tier. Auf dem Hügel sind alle Blätter weggeblasen. Das Gras ist nach wie vor grün. Die Erde um den Tierkadaver ist aufgewühlt.

»Was sagt ihr dazu?« Magnar zeigt auf einen großen Tatzenabdruck.

»Lieber Himmel!«, ruft Estrid. »Was ist denn hier passiert? War das ein Hund?«

»So große Hunde gibt es nicht«, sagt Magnar leise.

Alriks Nackenhaare stellen sich auf. Ein ungutes Gefühl beschleicht ihn. Er schaut sich um. Irgendwas lauert da im Wald. Da ist er ganz sicher. Das spürt er schon die ganze Zeit.

»Ein Wolf?«, fragt Viggo.

»Nein, dafür sind die Spuren zu tief«, sagt Magnar. »Wer diese Spuren hinterlassen hat, wiegt mehr als zwei Wölfe. Seht euch nur die Kratzspuren an. Die Krallen sind die reinsten Messerklingen. Und schaut hier.« Er zeigt auf ein paar Flecken, wo das Gras vergilbt und abgestorben ist.

»Hier sind zwei Spuren direkt nebeneinander. Das heißt, dass das Was-auch-immer still dagestanden hat. Und dabei ist das Gras unter seinen Tatzen abgestorben.«

»Wie erfroren«, sagt Estrid. »Oder verbrannt.«

»Als hätte der Tod persönlich hier gestanden«, sagt Magnar und in dem Augenblick scheinen alle Hunde in Mariefred durchzudrehen. Ihr Jaulen und Kläffen steigt laut in den Abendhimmel auf.

»Jetzt geht das wieder los«, flüstert Viggo.

»Es wird dunkel«, sagt Magnar. »Da ist es vielleicht nicht das Klügste, hier im Wald zu bleiben. Ich habe kein gutes Gefühl.«

»Wir müssen mit Henry reden«, sagt Estrid bestimmt. »Beeilt euch.« Sie schiebt Viggo und Alrik vor sich her.

Die Strecke bis zu der kleinen roten Hütte rennen sie. Währenddessen hat Alrik die ganze Zeit das Gefühl, dass ihnen etwas oder jemand seinen kalten Atem in den Nacken hechelt.

Estrid klopft an die Tür. Keiner macht auf.

Sie klopft noch einmal.

Viggo schaut sich um. Um die Hütte herum liegt überall Schrott: alte Fahrräder und Schubkarren, zwei Autos ohne Räder. Riesenreifen, Traktorsitze, Kabelrollen und aufgerollte Drahtseile. Einige Sachen sehen aus wie Erfindungen, denen allerdings nicht anzusehen ist, wozu sie gut sein sollen. Metallteile liegen wie rostige Gerippe im Gras herum. Viggo vergisst schlagartig seine Angst.

Als er zur Seite schaut, entdeckt er ein zweites Haus. Davor steht ein alter Traktor. Den muss er sich unbedingt genauer anschauen.

»Da wohnt niemand«, sagt Estrid und klopft wieder an die Tür.

Aber Viggo will trotzdem gucken. Hier gibt es wunderbar viele Dinge. Der Traktor ist besonders spannend. Vielleicht kann man ja auf ihn drauf klettern.

Er geht um den Traktor herum, um zu schauen, wo man am besten draufsteigen kann. Erst, als er schon vorbei ist, merkt er, dass da jemand steht. An die Wand gepresst zwischen einem Stapel Dachziegel und einem rostigen Pflug.

Er dreht sich hektisch um.

Und schaut direkt in ein unmenschliches Gesicht ohne Augen. Da, wo sie sein sollten, klaffen zwei leere Löcher.

Viggo verschlägt es den Atem. Sein Körper gehorcht ihm nicht mehr. Er kriegt keinen Ton über die Lippen.

Dann lässt die Lähmung nach. Und er schreit. So laut er kann. Er schreit und schreit und kann gar nicht wieder aufhören.

Was sind das für unheimliche Spuren im Hirschgehege? Wer hat die Stange in Laylahs und Anders' Garten aufgestellt? Und wer ist der Augenlose? Das erfahrt ihr im nächsten Band: Der Höllenhund!

Åsa Larsson (Mitte) ist eine der renommiertesten Thriller-Autorinnen Skandinaviens. Ihre Bücher haben sich weltweit millionenfach verkauft. PAX ist ihre erste Serie für Kinder.

Ingela Korsell war Lehrerin, bevor sie sich entschloss, ein Studium der Jugendliteratur zu beginnen. Sie hat in Schweden bereits zwei Krimis für Kinder veröffentlicht.

Henrik Jonsson hat Comicillustration studiert und für DC Comics an Serien wie »Batman« und »Suicide Squad« mitgearbeitet. Seine erste eigene Comic-Serie »Der Nordmann« veröffentlichte er 2013.

Weitere Bände in dieser Reihe:
Band 2: PAX – Der Höllenhund (978-3-570-17177-6)

Lieferbar ab Frühjahr 2016:
Band 3: PAX – Das Geisterkind (978-3-570-17241-4)
Band 4: PAX – Der Hexendämon (978-3-570-17242-1)

Weitere Bände in Vorbereitung

cbj

Kinder- und Jugendbuchverlag
in der Verlagsgruppe Random House

MIX
Papier aus verantwortungsvollen Quellen
FSC® C014496

Verlagsgruppe Random House FSC® N001967
Das für dieses Buch verwendete FSC®-zertifizierte Papier *Munken Premium Cream*
liefert Arctic Paper Munkedals AB, Schweden.

1. Auflage 2015

Erstmals erschienen 2014 unter dem Titel:
»PAX – Nidstangen«
bei Bonnier Carlsen Bokförlag, Stockholm
Vermittelt durch Ahlander Agency
Übersetzung: Maike Dörries
Umschlaggestaltung: semper smile unter Verwendung
einer Illustration von Henrik Jonsson
CK · Herstellung: AJ
Satz und Reproduktion: Uhl + Massopust, Aalen
Druck: GGP Media GmbH, Pößneck
ISBN 978-3-570-17176-9
Printed in Germany

www.cbj-verlag.de